Harry Voss
Es war Bathseba

Nach einer unerfreulichen Kindheit und Jugend, geprägt von pietistischer Engstirnigkeit, studiert Harry Voss über 20 Semester querbeet, finanziert durch abenteuerliche Jobs. Gleichzeitig engagiert er sich systemkritisch und tritt mit zahlreichen Publikationen hervor. Nach dem Studium wird er Mitarbeiter in einem staatlichen Dienst. In den achtziger Jahren ist er Sonderbeauftragter für den Dialog zwischen Nord- und Südzypern. Dort entsteht die *Bathseba*-Novelle.

Er verlässt den Dienst und siedelt 1990, seiner politischen Einstellung folgend, in die Freie Republik Greifswald über, wo er in wichtigen Ratsfunktionen mitwirkt.

Der Leser erlebt einen spröden dänischen Nordseesommer, in den sich der Maler David Goll zurückzieht, um der Ausstellungshektik in seiner deutschen Heimat zu entkommen. Die Reise ist auch eine Abkehr von diversen unliebsamen Beziehungen. In seine Malerei-Einsamkeit an der Küste brechen unversehens eine junge Frau, Hendrikje, und deren Freund Tschaki ein. Sie werde von Tschaki entführt, erklärt sie, sie suchten Zuflucht. Golls Befürchtungen werden wahr: Die beiden nisten sich bei ihm ein. Er will sie loswerden. Als Tschaki allein wieder aufbricht, zeigt Hendrikje ein verwirrend neues Gesicht. Golls Plan vom zurückgezogenen und unbelasteten Leben gerät ins Wanken. Leitmotivisch prägt die alte Geschichte von David und Bathseba diese Sommernovelle.

Harry Voss

Es war Bathseba

Novelle

© 1988 Autorenkollektiv Lüerstraße (A.R. Leroschy, R.-L. Rechder,
M. Regand, N. Ryder-Lesch, R. Schreyer, R. Stoeberlin, H. Voss)
Druck unter der Hand 1988, Erstveröffentlichung 2012
Umschlagentwurf und Foto: Günter Ludwig / Jenny Jonda
Satz, Umschlaggestaltung, Herstellung und Verlag:
Books on Demand GmbH, Norderstedt
ISBN 978-3-8448-4681-2

Et brûlé par l'amour du beau …

(*LES PLAINTES D'UN ICARE,*
Charles Baudelaire)

Ende Mai. Es regnete leicht.

Da ihm bis zur nächsten Ausstellung reichlich Zeit blieb, hatte David Goll ein Haus in Dänemark gemietet, Jütland, Nordsee. Ihm war nach dem klaren Licht und den eindeutigen Farben des Nordens. Und da er seit der Trennung von Jasmin allein lebte, war er in seinen Entscheidungen unabhängig.

Die Fahrt war wie im Flug vergangen. Die Scheibenwischer schabten unermüdlich. Er hatte die Erzählkassetten gehört, die Jasmin im Handschuhfach vergessen hatte, diese Novelle vom glücksmaladen Gustav von Aschenbach in Venedig. Zwischendurch, leidenschaftslos, die frostige *Winterreise* von Schubert.

Bei Nymindegab war die Grenze nach Midtjylland überschritten, hatte er in gehobener Stimmung registriert. Die Straße führte zwischen Dünen links und dem Ringköbing-Fjord rechts nordwärts. Man roch das Meer. Als er in Klegod in einen schmalen Weg zur Küste einbog, knirschten Steine und grober Sand unter den Rädern.

Er stieg aus und atmete tief ein und stellte sich vor, die salzige Luft belebe ihn auf unschätzbare Weise.

Das Haus duckte sich in eine Mulde, von wallartigen Dünen umgeben, die von dichtem, hartem Strandhafer und Kräutern und wilden Heckenrosenbüschen bewachsen waren. Die breiten Fensterfronten sahen auf Terrassen im Osten und Süden. Nord- und Westseite des Hauses dagegen waren kleinfenstrig verschlossen. Wie in Abwehr.

David trat ein und warf einen flüchtigen Blick in die Räume. Sie waren modern eingerichtet, und vor allem hell, hell und einladend. In dieser Klause würde er die folgenden acht Wochen arbeiten können. Dafür, dass er sich erst gestern, aus dem Gefühl heraus, weg sein zu wollen, unerreichbar, unansprechbar sein zu wollen, entschlossen hatte, an die See zu fahren und mit einem kurzen Anruf bei einer Vermittlerfirma dieses Haus gebucht hatte, dafür hatte er ein Riesenglück gehabt, stellte er fest.

Er verfrachtete einen Teil des Gepäcks ins Innere, ließ die sperrigen Malutensilien jedoch im Wagen. Noch war er voll Unruhe. Es trieb ihn hinaus. Der Regen hatte aufgehört. Glitzernde Tropfen hingen in den verkrüppelten Kleinkiefern am Rande seines Grundstücks. In deren Schatten ging das bodendeckende matte Kräutergrün in stumpfer Farblosigkeit unter. Er schulterte seine Fotoausrüstung und brach auf. Man hörte das Meer.

Kurz vor dem Strand erhob sich ein annähernd 15 Meter hoher, breiter weißer Dünenwall. Oben angelangt, schlug ihm der Wind ungehindert vom Meer her entgegen. Er lief den Kamm entlang, fand eine Stelle, die sich für Aufnahmen eignete, und sah sich um.

Das nahe Brodeln und Tosen der Brandung verband sich mit einem mal sanften, dann wieder ruppigen Fauchen des Windes. Und mit dem Rascheln zerzauster Kiefernbüsche und der biegsamen, kniehohen Grashalme an der Landseite der Düne.

Das ist der Moment, dachte er, ab dem er zu sich finden könnte. So hatte er es sich vorgestellt.

Sein Blick streifte über die schillernde Wasserweite mit ahnbarem Grünton oder vereinzeltem Blau, auch mit Cyananteilen und schwankendem Lila, wie er unschwer registrierte. Makellos die Linie des Horizontes.

Doch, er könnte sich jetzt schon wohlfühlen, dachte er. Wenn sich nicht immer wieder sein gestriger Ärger meldete. Geärgert hatte er sich über die lächerliche Hartnäckigkeit dieser unabweisbaren Besucherin seiner Ausstellungen, dieser brünhildenhaften *Meisterschülerin*, wie sie nie vergaß zu betonen. Helen, seine Galeristin, hatte ihm gestern das Presseecho zur stattgefundenen Finissage in Berlin vorbeigebracht. Er war nicht dort gewesen. Dafür selbstredend die Meisterschülerin, die sich den Journalisten mit ihrem desaströsen Charme aufdrängte und nicht zu erwähnen vergaß, mancher Illustre habe es ja nicht mehr nötig, wenigstens die Andeutung eines Interesses am intellektuellen Kunstpublikum zu heucheln. Hauptsache, ein paar anonyme Vermögende horteten seine Bilder. Die Hälfte der Gemälde sei verkauft, hatte Helen lapidar angemerkt, er habe für Jahre ausgesorgt, was aber kein Grund für einen Schaffensrückgang sei. So Helen, die Organisatorin seiner Vermarktung, die Gewinnabschöpferin, die Fadenknüpferin, die Bestimmerin. Die er zuließ, der er sich aber nicht unterwarf.

David verließ die exponierte Höhe und war mit wenigen Schritten in einer Sandmulde. Mechanisch baute er das Stativ auf, montierte Kamerabody und Bajonett und Telekonverter und ein 140-400er-Telezoomobjektiv und hatte währenddessen doch, voller Widerwillen, im Kopf, wie die gottesanbeterinnengleiche Meisterschülerin hinausposaunte, der Goll verstehe nichts von

Bildaufbau und Farbe! Bildhülsen liefere er! Seine Bilder seien nichts als das Lippenbekenntnis eines sensationsgeilen Poplinken im proletkultigen Karohemd. Ein Journalist hatte sich nicht entblödet, das weiterzutragen, und dass Goll der arrogante Vertreter einer Männerclique sei, die den Kunstmarkt mit gedankenloser Massenware beherrsche – und sich gegen urweiblich uterale und vageniale Kreativität verschwöre!

Einmal war in seiner Post anonym ein Zeitungsausriss – mit einem Gedicht der Meisterschülerin. *Liebesgeflüster*: Wie sie danach giere, die Leinwand mit zitternder Berührung zu versengen und mit ihr in unerschlossene Seligkeit auszubrechen …

Was sollte das!

David, der unter Sachverständigen den Ruf hatte, seine Bilder demonstrierten nüchterne Inaugenscheinnahme, wandte die immer gleiche Technik an. Er suchte seine Motive mit dem Telezoomobjektiv, stanzte sie sozusagen aus der angestammten Umgebung heraus. Damit hatte er seine Vorlage, damit hatte er zugleich die optische Distanz, die seiner Betrachtung zugrundelag, damit hatte er die Unterkühltheit, die seine Bilder ausdrückten. Dabei entfernten sich seine Bildkompositionen von der Foto-Vorlage, wenn diese entbehren ließen, worauf es ihm ankam: auf die gewünschte Bildschärfe einerseits und inhaltlich auf das Mit- oder Gegeneinander von Personen. Dieses Miteinander waren sich kreuzende Blicke, waren einander zugewandte Gesichter. Überdies liebte er klare Umrisse, kräftige Farbopposition, vertieften Ausdruck der Mienen.

Was hatte das mit Sensationsgeilheit zu tun?

Von seinem Platz in den Dünen aus, sah er, gab es landeinwärts unzählige Motive, die sich fixieren ließen: Pärchen im Liegestuhl, lesend oder vor dem Grill, Familien auf Terrassen um den Kaffeetisch, eine liegende Nackte und ein sich zu ihr herabbeugender Mann …

Er beobachtete das Abbildbare, erweiterte oder reduzierte den Ausschnitt und hielt ihn schließlich mit größter Brennschärfe fest. Aber das waren nur vorläufige Orientierungsversuche. Er würde von hier aus am besten bei Abendsonne fotografieren. Später. Gültiger. Nordischer.

Die Feinarbeit beruhigte ihn. So würde er künftig sein: arbeitsam und gelassen. Und ungestört. Im Vorhinein schon war er erleichtert. Das lag mit an der rauen und untrüglichen Atmosphäre von See und Küstenlandschaft, erklärte er es sich und führte dabei den Objektivausleger weiter über die verstreuten Häuser und Wäldchen und die sich verlaufenden Dünenbuckel Klegods. Kam sich aber vor wie ein müder Fischer vor reichem Fanggrund. Noch uninspiriert. Noch nicht wirklich hier.

So packte er seine Geräte zusammen und ging auf schmalen, in die Heidekrautpolster getretenen Pfaden zurück. Das Meer toste immer leiser. Ja, er würde ergiebig arbeiten, in unbeschwertester Frauenlosigkeit, ungestört von dreinredender Wohlmeinung, von Anbindung oder gar von aufflackernder Leidenschaft, die ihn sowieso nur ausgebrannt zurückließe. Der Diktatur der Schönheit und seines Begehrens ließ sich aus der Ferne souverän begegnen.

Er schob auf der Südterrasse Stuhl und Tisch aus dem Schatten heraus und nahm eine aufgewärmte Dosensuppe zu sich und begutachtete die immer anderen Formen des Kleingeschnippelten im Teller, und die vereinzelten goldglitzernden Fettaugen, vielen kleinen Sonnen gleich.

Dann spülte er eine Thermoskanne aus und machte sich Kaffee. Er goss Wasser in den pulvergefüllten Filter und beobachtete, wie der sandbraune Schaum heruntersank und Reste sich in körnigen Streifen an den Seiten des Filterpapiers ablagerten. Wie am Meer war das, dachte er, wo bei Ebbe saumweise die äußersten Verläufe der Wasserzungen ablesbar zurückblieben. Diese Verläufe wären im Bild haarscharf zu erfassen.

Einmal traf der nachgegossene Wasserschwall die Filtertüte an der Außenseite und bog sie einwärts. Etwas gemahlener Kaffee gelangte zwischen Tüte und Filterbehälter und würde nachher in der Tasse obenauf schwimmen. Die zu erwartende Trübung nahm er als Tribut an die Eingewöhnung in die neue Bleibe.

Noch konnte keine Post eingetroffen sein, wusste er, doch sah er nach dem Essen in den angerosteten Kasten, der am Wegesrand an einen Pfahl montiert war. Eine Zeitung, der *Kölner Stadt-Anzeiger*, hatte hier überwintert. Wellig und rau fühlte sich das Papier an, obwohl es in einer Plastikhülle gesteckt hatte. Adressiert war die Sendung an einen Dr. Alexander Bologatzki. Sie war aus dem September des Vorjahres.

Der Wind striegelte die harten Gräser. Die Sonne brach durch und verschwand und befreite sich wieder. David stellte sich vor, dass die Zeitung den Kölner Urlauber, der am ortsüblichen Abreisetag, dem Sonnabend, das Haus verlassen hatte, knapp verpasst haben musste. Oder der Doktor war verfrüht abgereist. Etwas Unvorhergesehenes konnte geschehen sein.

Bestärkt wurde David in dieser Annahme, weil sich unter der Zeitung, neben verwitterndem Werbematerial der Küstenunternehmen, ein Brief fand, in Blockbuchstaben, gleichfalls an Alexander Bologatzki adressiert. Absender: D.H. Mehr nicht. Das einst weiße Kuvert war grau und verformt.

David nahm den Inhalt des Postkastens und ließ sich auf der Terrasse nieder. In einem Fenster im südlichen Nachbarhaus, hinter der Düne, die ihn fast vollständig abschirmte, bemerkte er Bewegung. Ein Mann erschien darin, vage sichtbar, mit einem Geschirrtuch und einem Teller. Dann ging die Jalousie herunter.

David füllte die Tasse erneut. Zeitung und Werbung legte er beiseite. Kurz und mit einem Anflug von schlechtem Gewissen bedachte er, dass die gesamte Malerausrüstung noch im Auto verstaut war. Er wollte doch intensiv arbeiten! Gleich, vertröstete er sich und betrachtete das Kuvert. Es verriet wenig. Die Anschrift war gut lesbar, Kugelschreiber, klare Schrift. Die Witterung hatte die Buchstaben ausgefranst. Der Poststempel war verschwommen. »Donnerstag« entzifferte er. Er riss das Kuvert auf. Eine weiblich-weiche Schrift erschien.

Sie wolle nicht mehr darauf eingehen, weshalb sie plötzlich habe aufbrechen und ihr Lyngvejen-Hüsken, auf das sie sich jeden Winter und Frühling über freue, verlassen müssen. Es sei genug geredet worden, zu viel geredet; zumindest von ihm, und zwar wortreich Verdunkelndes über seine Unentschiedenheit, die alles wolle und sich nicht festlege. Erpresst habe er sie mit seinem »Erleiden seiner Liebe zu ihr«. Und dass ihm, dem unglücklich Verheirateten, als Ausgleich, mehr Zuwendung zustehe als anderen, die nicht im Zwiespalt lebten. Auch dafür, dass er sich hier und dort beharrlich ausschweigen müsse über seine jeweils andere Gegenwart.

Unbeantwortet noch immer die Frage: Wo bleibe sie bei allem diesen? Sie ziehe den Kürzeren.

Doch das Genannte sei dahingestellt. Sie bitte ihn nur noch um Eines: Ihr Notizbuch habe sie in der Eile im Hüsken vergessen. Es sei abgelegt auf dem Schrank in ihrem Zimmer. Im Staub. Ehrlich gesagt, habe sie es vor seiner beharrlichen Neugier versteckt, vor ihm, der sie in Beschlag genommen, sich selbst aber frei gehalten habe. Der es sich schlagartig abgewöhnt habe, seit dem Eintreffen in Klegod, nach ihrem Befinden zu fragen, nach ihren Vorstellungen, überhaupt nach ihr. Er hingegen habe seine Ansichten ausgepackt, und sie seien unumstößlich gewesen. Er habe ihren Körper umklammert und sich ihr eingepflanzt. Aber sie, als Frau, habe er ihrer Wirklichkeit beraubt.

Sei dem, wie es sei, schloss sie, es gehe nicht anders, sie brauche das Buch. Wenn er noch einen Funken

Anstand besitze, lese er nicht darin, sondern schicke es ihr ungeöffnet.

Ein Hilferuf also. Davids Blick schweifte über das Haus. Er stellte sich vor, wie sich ein Mann und eine Frau in dessen Inneren, in den ruhigen, von ihm längst als das Seine wahrgenommenen Räumen quälten. Später suchte er und fand das Notizbuch. Er nahm es mit hinaus. Ein Lenkdrachen kurvte durch die Luft. Gezwitscher von ihm unbekannten Vögeln kam von überall her, vielstimmige Rufe waren das und Echos in unablässiger Folge. Die Sonne sank herab. Der Schatten des Vordaches wanderte über die Bohlen der Terrasse, zwischen denen Gräser hervorwuchsen. Heidekraut und niedere Blaubeerbüsche büßten wieder ihr eindeutiges Grün ein.

Das Büchlein war schmucklos schwarz mit roten Ecken. Er blätterte. Eine Überschrift lautete *Protokoll der Grenzüberschreitungen*: »Der Therapeut Dr. Bologatzki verlängert die Sitzung / Th. verspürt Appetit auf Tee, bringt welchen / Th. verlagert spontan den Standort der Sitzung in seine Wohnung oben im Haus / Th. schlägt vor: Treffen wir uns in der Wohnung zum Tee. Die Ehefrau ist auf einem Kongress / Th. dringt darauf, seine Patientin mit dem Auto zu einem Nachfolgetermin zu bringen / Treffen im Café / Th. kocht in seiner Wohnung für die Patientin. Die Ehefrau ist abwesend. Th. verführt sie. Sie ist willfährig.«

Ein paar Seiten weiter: »Immer lasse ich geschehen. Ich vertraue mich an, füge mich seiner Autorität und

Kompetenz. Dr. Bologatzki hat Charisma. Er lebt, ich lebe mit.«

Nach einigen Seiten: »Habe mich kundig gemacht. Nach Pope kann es zwischen Therapeuten und Patienten das sogenannte David und Bathseba-Syndrom geben, ersichtlich in Erotisierung und Sexualisierung im aktuellen und beratenden Kontakt. Man sei da verlegen und gehemmt, es herrsche Unbehagen, auch Ablehnung, es bilde sich offensive Neugier, man sei lustvoll verschämt … Hört sich an wie das Angebot eines Gemischtwarenladens. Im Grunde ist alles viel einfacher. Ich weiß, er nutzt meine Schutzlosigkeit aus, und ich bin zu schwach, um nicht gutwillig und liebeshungrig dem Versprechen von Erfülltheit zu verfallen.«

David ging zurück. Auf der Innenseite des Deckels standen Namen und Adresse: Denise Holle, 50733 Köln (Nippes), Gellertstraße 270.

Sporadisch weiter. Die Schreiberin hatte ihn zu fesseln begonnen. Ihre Botschaft hatte etwas von einer Flaschenpost. Es war auf der einen Seite zu erfahren, welche Hoffnung sie sich machte, ihre Klaustrophobie mit Hilfe dieses engagierten Therapeuten loszuwerden, und dass Dr. Bologatzki ihr wie ein Stern am düsteren Himmel erscheine. Auf der anderen Seite war vom Streit mit ihrem Ex die Rede, von Rechten an einem verpachteten Grundstück nebst Gehöft in Opherten in der Jülicher Börde, von dem der Ex anteilig profitieren wolle. Und eine dritte Stelle sprach vom Wandern mit Freunden. Bei einer weiteren tauchte erneut Dr. Bologatzki auf, jetzt Alex genannt. Da habe er nachts betrunken angerufen und offenbart, ihn habe sogleich bei ihrer ersten Begegnung ein tiefes Verlangen gepackt. Jahrein jahraus habe er eingeengt und Sheng Fui-gemäß dahinvegetiert, zu Hause und erst recht in seinem spartanischen Gesprächszimmer, wo sich alles in der ewiggleichen Ordnung befinde, quadratisch, symmetrisch, aseptisch. Wie auch die Theorien in seinem Kopf, denen er das Gehörte eingepasst und woraus er Lehren gezogen und weitergegeben habe. Und dann sie … der Überfall … die Leibhaftigkeit … der Zusammenbruch seines ausgelebten Lebens …

Am nächsten Morgen bedeckte David im hellsten Teil des großen Wohnraums den Teppichboden mit robuster Folie und baute darauf die Staffelei auf. Als eine aufgezogene Leinwand eingepasst war und daneben ein vergrößertes Foto eines städtischen Balkon-Motivs und er zu skizzieren begann, ging ihm doch immer das gestern Gelesene durch den Sinn. Die Geflohene verließ seinen Kopf nicht. Es nützte auch nichts, sich zu ermahnen, nicht mal gedanklich seinen Vorzug der Frauenlosigkeit aufs Spiel zu setzen.

Er brach die Arbeit ab und richtete sich in der Vormittagssonne auf der Ostterrasse ein. Aus dem halb verdeckten Nachbarhaus wehte ein lautes »Dua di Wäschn aa no eini!« einer Frau herüber, dem ein tiefes »Vors Regenweda ofangt duan mers eini. No duat si koa Wassertröpfl mucka«. Dem schloss sich ein meckerndes Lachen des Mannes an. Dann war es drüben still, und David war in Gedanken erneut bei Denise Holle, die in seiner Vorstellung heiter durch die rheinische Landschaft wanderte und doch einem Betrüger ins Netz gegangen war.

Sie konnte zwischen 25 und 50 sein. Wie sie schrieb – das ließ alles offen. Aber selbst diese Unfassbarkeit barg eine rätselhafte Anziehung. Er spürte gefährdete Authentizität. Er spürte Gepflegtheit, die sich in falschen Händen aufgab und im Rheinischen wieder erneuerte und im Therapieraum wieder aufgab. Dass das Äußere der inneren Einstellung entsprach, stellte er sich vor: Ein Wesen, das sich jede Anzüglichkeit verbat und verlebendigte Würde war. Sowie altmodische Weichheit, Verlässlichkeit. Eine Frau, die zweifelsfrei war und unverrückbar sein wollte. So hatte sie wohl auch der abtrünnige Psychologe erlebt und sich gefügig machen wollen. Und schien letzten Endes doch an ihr gescheitert zu sein.

Gegen Abend, als er aus seinem Reisevorrat einen Rioja zog und ein Glas trank und noch eines und den verführerischen Kirsch- und Mokkaduft des Marques de Riscal Reserva genoss und dennoch in eine seltsame Melancholie fiel und unsinnigerweise sein herbeigewünschtes Alleinsein als Verlassenheit empfand, da rückte die Fremde noch näher – gefahrlos fern, wie sie doch war, beruhigte er sich. Ihr Blick, malte er sich aus, ließe das Herz des Betrachters schneller schlagen. Man würde sich einbilden, sie sei einem bestimmt. Ein Schimmern läge auf ihrer Haut. Ein Schimmern, das nur durch vielschichtige Farblasuren darzustellen wäre.

Diese Vorstellungen vertieften sich mit jedem Schluck des aristokratischen Roten und mit jedem Atemzug der rauen Luft vom Meer her.

In der beginnenden Nacht, als ihn ahnungsweise immer noch das herbeiphantasierte Bild der Unbekannten, wie sie in diesem Haus zu sich selbst gesucht hatte, belagerte, fiel ihm eine kürzliche *Faust*-Aufführung ein und wie der aufgewühlte Faust der jungen Margarete nachstellte und in lüsternes Stammeln geriet. *In dieser Anmut welche Fülle!* klang es in David nach. Jetzt viel verstehbarer. Für ihn, den lüsternen David, der überall eine anmutige Bathseba witterte. Er war wohl aus ähnlichem Gefühlsstoff.

Am folgenden Tag – Er hatte sich gleich an die Arbeit gemacht, und die Figuren hatten skizzenhafte Gestalt angenommen, Hausfassade und verwinkelte Dachkonstruktion waren in Acryl unterlegt, später würde in Öl die Feinarbeit folgen – stieß er mehr oder weniger zufällig noch einmal auf das schwarze Büchlein. Er legte den geöffneten Brief hinein. Dazu fertigte er eine karikierende Skizze des Hauses und der Terrasse, mit ihm selbst, bequem auf einem Stuhl, den Skizzenblock in Händen. Erklärende Zeilen waren auf der Rückseite der Skizze beigefügt. Er habe, schrieb er, indiskreterweise drei, vier Blicke in ihre Niederschrift geworfen, vermöge das aber nur halb zu bedauern. Denn so habe er die außergewöhnliche und schonungslose Klarheit der Vorstellungen, wie auch den Mut und den unerschütterlichen Glauben an ein aufrichtiges Miteinander, welche diese ferne und ihm fremde und fremdbleibende Frau ausmachten, kennen und bewundern gelernt.

Diese Mitteilung, die ihm zwar auf den zweiten Blick seifenopernhaft erschien, schickte er nach Köln. Nun hatte er den Kopf frei, dachte er. Oder spekulierte er auf eine Antwort? Tatsächlich vereinnahmte ihn das Schicksal der Unbekannten von Stunde zu Stunde weniger, und er kam konzentrierter voran. Heute beim Zweimeterbild. Dem bereits begonnenen. Neben einigen Figuren waren hier, für seine Vorgehensweise ungewöhnlich, unzählige weitere, an die zweihundert, vorgesehen oder individuell bereits skizziert. Seine Freunde hatten das Projekt vermessen genannt, er sei vom Altdorfer-Virus befallen, er werde die Fertigstellung nicht erleben.

Die Darstellung eines gewaltigen Protestzuges gegen Atomkraftwerke sollte es werden. Die aus dem zahllosen Ganzen Hervorgehobenen würden Zuversicht ausstrahlen, Zuversicht und den Willen, nicht aufzugeben.

Die Galerie schickte ein Bündel Zeitungsausschnitte. Weiterer Nachhall der Finissage. Dazu die Besprechung eines verlegten Bildbandes. Natürlich blieb nicht aus, mal wieder seine künstlerische Affinität zum Nighthawks-Hopper aus der Mottenkiste zu ziehen. Durchaus positiv aber. Von substanzieller Weiterentwicklung war die Rede, von Zuspitzung, von Parteinahme. Damit konnte man leben, dachte David. Gegen die Hoppersche Ausgrenzung und kühle Menschenleere und diffuse Weite setze er geweitete Nähe und das Beziehungsgewebe, die Vivisektion des

Überschaubaren, die nicht selten zum Drama werde, einem Pandämonium gleich. In sensibler Fokussierung lasse er durchpulste Bewegung gegen unterkühlte Erstarrtheit agieren.

Oha, dachte David nüchtern, da versteigt sich einer. Und bald merken sie auch noch, dass mir die Hoppersche Josephine fehlt, die fast überall gegenwärtige, deren einverständige Nähe zum Maler in jedem Bild zum Greifen spürbar ist und letztlich die unterstellte Kühle Lügen strafte. Aber was wussten diese professionellen Gemälde-Zerhäcksler schon von der Seele der Bilder!

Die Zeit verstrich. David lehnte sich zurück. Eine Möwe hatte sich aus dem Heidekraut erhoben. Sie kam nicht gegen den Nordwind an. Sie wurde mitgerissen. Bis vorhin hatte er am Terrassentableau gearbeitet, einer jüngst gewonnenen Vorlage entsprechend, dem dritten Bild hier, dem während der zwischenzeitlichen Trockenphase das vierte, eine Kaufrauschszene vor dem Supermarkt folgen würde; voraussichtlich. Bald würde er am ersten, dem Balkonbild, weiterarbeiten können. Und dann war da noch die »Susanna«. Sein Terrassenbild hatte er mittelformatig gewählt, 100 mal 80. Zwei Frauen, ein Mann. Letzterer war grobschlächtig und hatte trotz kräftigem Wind, der die Gräser bog, eine geschniegelte Frisur. Scheitel links. Glattrasiert. Aus den Nasenlöchern sprießte es grau, wenige kurze Haare waren das. David hatte sich Mühe gegeben, sie unauffällig, aber doch dem präzisen Beobachter auffindbar, einzuarbeiten. Dergleichen lupenscharfe Details liebte er. Und es liebte sie Helen. Und seine Käufer liebten sie, diese Miniaturen im großenteils fotorealistischen Ganzen. Der Mann sah an den zwei Frauen vorbei, die sich anschmachteten. *Wo die Phrynen füreinander entbrennen* könnte er das Bild nennen, mit einem Satz aus dem Baudelaire-Gedicht *Lesbos*. Dessen *Fleurs du Mal* gehörten zu seinem ständigen Gepäck.

An der danebroglosen Fahnenstange des Nachbarhauses schlug die Schnur klackend gegen den Mast, schlug ohne Unterlass. Davids Socken baumelten wie Dörrfische an der Wäscheleine neben der wettergrauen Kinderschaukel, die im Wind torkelte und in der Halterung quietschte. Das waren Geräusche in windabhängigem Gleichmaß.

Stimmen ließen ihn hochschrecken. Er war eingedöst. Vor ihm, wie aus dem Nichts, auf seinem Grundstück, auf seiner Terrasse, hatten sich eine junge Frau und ein junger Mann aufgebaut. Ihre vollgepackten Rucksäcke hatten sie abgenommen. Wanderer, die was zu trinken wünschten? Er musste sie schnell abfertigen.

Der junge Mann war groß, hatte schulterlange mittelblonde Haare, ein schmales, übernächtigtes Gesicht, ein zerknautschtes T-Shirt, Jeans und Sportschuhe. Sie hatte blonde, hochgesteckte Haare, klare, sanfte Züge, Grübchenwangen, Augen von intensivem Blau. Preußischblau, registrierte der Fachmann in ihm. Und Brauen und Wimpern in natürlichem Dunkelbraun. Ihr Shirt und die Jeans sahen ähnlich mitgenommen aus wie die des Begleiters. David musterte die Eindringlinge, während aus dem offenen Küchenfenster des Bayernhauses ein tröstendes »Des wird scho no« herübertönte.

Die Brauen der jungen Frau waren hochgezogen, als sie ein aufforderndes »Na?« vorbrachte und als sie den Blick über die Dünenumrandung schweifen ließ und in enthusiastischem Überschwang deklamierte:

»Dies Panorama ist wahrhaft buchenswert, mein Herr!«

Danach lachte sie eine weitgespannte Melodie, die sich zwei Oktaven auf- und wieder abschwang. Pathos war David zuwider. Der Sprecherin aber war es wohl auch nicht geheuer, wie ein selbstironisches Flackern in den Augen verriet. Sich bei einem ersten Auftritt so zur euphorischen Karikatur zu machen, dazu gehörte Selbstsicherheit. Das gefiel ihm nun doch.

Je länger er die Redelustige musterte, desto mehr war ihm, als kenne er sie.

»Tolle Wurst! Sag bloß, du verleugnest deine Lieblingsnichte?«, empörte sie sich und überraschte dabei mit einem Mienenspiel, das zum staunenden Betrachten einladen könnte, wäre die Situation danach. Selten blieben die unübersehbaren Brauen ruhig, ständig wechselte der Mund den Ausdruck.

David hatte nun das hilfreiche Stichwort: Lieblingsnichte zu sein, hatte Hendrikje, Helens Tochter, für sich in Anspruch genommen. Dabei verbanden ihn und seine Galeristin keine verwandtschaftlichen Bande, doch intensive geschäftliche und durchaus freundschaftliche. Diese junge Frau, dieses Mädchen, diese charmante Hendrikje, ja, Hendrikje, der Name war endlich da, die war als Kind nicht abzubringen gewesen von ihrem Onkel-und-Nichte-Spleen.

»Wir sind abgehauen«, erläuterte sie sparsam. »Tschaki entführt mich. Jetzt sind wir da.«

David war der übermütigen jungen Frau vor drei oder vier Jahren das letzte Mal begegnet, als sie, nach der zehnten Klasse, für ein Jahr nach Neuseeland hatte aufbrechen wollen.

Umstandslos war heraus, was sein Besuch dringlich wünschte: Duschen und Schlafen. David verfluchte Helen. Oder ihren Mann Jürgen. Sie waren zwei von jenen fünf Freunden, denen er seine Adresse anvertraut hatte. In dem Fall war klar, nur über Helen und die Galerie oder über Jürgen konnten die beiden ihn aufgespürt haben. Das zu klären würde jetzt nicht weiterführen. Natürlich ließ er die zwei ins Haus. Der Tschaki Genannte entschied sich sogleich für die kleinere der leeren Kammern, wo er das Gepäck abstellte. Und bald hörte man ihre Stimmen aus dem Bad, danach kein Geräusch mehr. Sie hatten sich hingelegt. Die einfachen Holzbetten hatten kurz geächzt und geknarrt. Vielleicht waren sie nicht stabil zusammengeschraubt.

David, immer noch ungläubig, was da geschehen war, David, der sich an die Staffelei gesetzt hatte, wollte sich der Illusion hingeben, nichts habe sich verändert. Außer Zweifel stand aber, dass er die Kinder, so nannte er sie bei sich und als spreche Helen in ihm, keinesfalls hätte von der Schwelle weisen können. Am späten Nachmittag erschienen sie wieder, wortlos, rückten Stühle und Tisch zurecht und tischten mitgebrachte Kekse auf. Hendrikje warf in der Küche die Kaffeemaschine an. David pinselte weiter, als herrsche um ihn herum nicht ungewöhnliche Betriebsamkeit. Bis sie ihn hinausriefen. Natürlich schmeckte der Kaffee nach Maschine und vorn auf der Zunge schal, und hinten ließ sich eine gallige Bitterkeit ahnen.

»Wir haben Zwischenhalt in Kiel gemacht, bei Manuel«, berichtete Helens Tochter. »Bei deinem Bruder.«

»Schon klar.«

»Und bei seiner Gattin Susanne. Kamen nachts an. Suchten was zum Schlafen und hatten Hunger. Das Übliche also. Waren ja den ganzen Tag auf Achse. Und nichts im Bauch. Da hatte ich die Idee mit Manuel. Ich hab ihm mal aus Neuseeland geschrieben. Damals.«

»Das verbindet natürlich.«

»War so um Mitternacht. Die schliefen. Aber Manuel war nett. Nur Susanne war stinkig wegen des Weckens. Und überhaupt. Dass wir abgehauen sind, fand sie auch bescheuert. Hat sie nicht gesagt. Aber du hast es ihr angehört. Sie wollte nicht, dass Manuel uns was zu essen macht. Er aber kochte mitten in der Nacht Spaghetti und Tomatensauce, und wir putzten das locker weg. Für einen Juristen und Beamten hat dein Bruder doch ziemlich viel Rückgrat. Susanne hat ihn vom Schlafzimmer aus fertiggemacht. Gesehen haben wir sie keine Sekunde. Manuel aber hat uns das Sofa im Wohnzimmer hergerichtet. Gestern früh sind wir gleich weiter. Hinter uns miese Stimmung. Manuel ist o.k. Stimmts, Tschaki?«

»Ja.«

»Und was ist das mit der Entführung für eine Nummer?«

Die beiden sahen sich an, als sei jetzt der Zeitpunkt gekommen zu entscheiden, ob sie das Risiko eingehen sollten, ihn in die Geheimnisse ihres outcast-Lebens einzuweihen.

»Tschaki hat das ausgeheckt«, sagte sie schließlich. »Mir haben die Anstaltsgrauen Ausgangsverbot aufgebrummt bis zum Schuljahresende. War ein paar Mal abends zu spät ins Internat zurückgekommen. Deshalb. Vier Wochen ohne Tschaki hieß das. Also vier Wochen keine Disko. Vier Wochen Freiheitsentzug. Da hab ich was zusammengepackt, und wir haben die Biege gemacht. Hatten eh gerade so viel Arbeiten in der Schule geschrieben. Nervige Phase. Hatte keinen Bock, auf die Ergebnisse zu warten.«

»Also Schuleschwänzen und Abhauen aus dem Internat … Weiß das Helen?«

»Die Grauen rufen sowieso zu Hause an. Da hab ich mir das gespart. Die Macht wird toben. Das muss ich mir nicht antun. Hab schon lang die Nase voll von der ewigen Gängelei. Dachte, wir fahren ans Ende der Welt und verkriechen uns da. Kriegen wir Asyl?«

»Vorläufige Aufenthaltserlaubnis kriegt ihr. Aber das mit der Entführung … Wer hat denn jetzt wen entführt?«

»Offiziell Tschaki mich.«

Tschaki hustete nervös.

»Und wieso das Theater?«

»Um mal 'n Licht anzuknipsen vielleicht. Keine Ahnung. Beim Abschied hat Tschaki das mit der

Entführung auf einen Zettel geschrieben und in den Internatsbriefkasten gesteckt. Just for fun. Bestimmt haben die Flachzangen auch gleich die Polizei alarmiert. So sind die drauf.«

»Alberne Aktion«, urteilte David, versuchte aber, sich in die beiden hineinzuversetzen.

»Wir dachten eben, das wär'n Abgang mit Stil.«

»Ey«, sagte Tschaki, »ist doch 'ne geile Verarsche. Kleine Störung im Regelsystem. Genau das, was die hassen. Und wir … wir haben eh die Wissensmast satt. Immer die gleiche Wichse …«

Er sprach schläfrig und manchmal strich er sein Haar hinter die Ohren zurück und saß das ganze Gespräch über in unveränderter Haltung, Bein über Bein, und blickte in die Sonne, kniff die Augen zusammen und riss sie wieder auf. David zweifelte daran, dass Hendrikje mit ihm das große Los gezogen hatte. Ihre Sache … Vordringlich war jetzt das Problem, wie er die beiden wieder loswurde. Genau das dachte er: Er würde nicht arbeiten können, wenn die Kinder sich hier breitmachten. Zwar mochte er die Quirligkeit dieser »Lieblingsnichte«. Aber was sie ihm da einbrockte, daran war ihm nicht gelegen. Doch sagte er nichts, sondern drückte ihnen Geld in die Hand und schickte sie mit den alten Fahrrädern, die im Anbau standen, zum Einkaufen nach Söndervig.

»Ach, David, wir sind gern deine Sherpas. Und du wirst sehn, ich bin ein Sparfuchs«, beruhigte ihn Hendrikje, die klarmachte, wer das Sagen hatte, als sie das Geld einsteckte. Tschaki hustete und schien nur halb anwesend.

27

Als die beiden weg waren, dauerte es eine Weile, bis er sich wieder zurechtfand. Die Sonne hatte noch anderthalb lichtstarke Stunden, schätzte er. Vereinzelte kleine Wolkenfetzen trieben vom Nordwesten heran. Der Wind wurde merklich kühler. Schmal und dünn neigten sich die Gräser. Windstöße bogen sie sich zurecht, ließen Silberlicht an ihnen aufgleißen.

Beim Abendbrot bemühte sich Hendrikje um Konversation. Tschaki stützte die Ellenbogen auf den Tisch und biss und kaute und hielt sich raus.

»Verdampft, sag auch mal was«, ärgerte sie sich, »David hält uns sonst für unkultivierte Fresswanzen.«

»Unkultiviert? Wieso? Ich kann Kultur«, stieß Tschaki genervt und mit vollem Mund hervor, »bin mit silbernen Löffeln damit gestopft worden.«

»O.k.?« Hendrikje dehnte die zweite, aufsteigende Silbe, was ungläubig und gespannt und erwartungsvoll klang.

»Wie ihr wollt. Hab'n kultivierten Witz meines kultivierten Onkels Maxim. Sitzen der Bischof und ein Priesteramtskandidat in der Bahn einer Tussi mit Minirock gegenüber. Der Kandidat starrt fasziniert. Der Bischof bemerkt den Blick. »Lieber Freund«, warnt er, »unter dieser Verpackung verbirgt sich die Hölle.« Der Kandidat versteht: »Ach, deshalb. An der gleichen Stelle ist bei mir der Teufel los.«

Hendrikje verdrehte die Augen.

Zwischen den beiden stand es nicht zum Besten, dachte David und hätte am liebsten den Tisch verlassen.

»Frechheit!«, entrüstete sie sich, wirkte aber nicht allzu erbost. »Von wegen Hölle! Der weibliche Schoß ist was Himmlisches. Da stimmst du mir doch zu, David, oder?«

Der nun wollte sich jetzt keinesfalls auf eine Diskussion über den weiblichen Schoß einlassen und fertigte sie damit ab, er sei in theologischen Zuweisungen nicht geübt. Und um dem Gespräch eine unverfänglichere und für ihn aussichtsreiche Wendung zu geben, fragte er Tschaki, was denn das nächste Reiseziel sei.

»Ich dachte ...«, fing Hendrikje an.

»Christiania«, übertönte Tschaki sie, wie aus der Pistole geschossen, »Fristad Christiania in Kopenhagen.«

»Was? Jetzt? Das wüsste ich!«, protestierte sie.

»Ey, Alter, war schon immer das Ziel«, behauptete Tschaki.

»Deines vielleicht.«

»Man kann da klasse leben, Henni«, beschwor er sie. »Das ist so'n kleines unbeugsames Wikingerdorf mitten in der Stadt und kommt ohne so was wie klingonische Faschismusstrukturen aus, in denen wir großgeworden sind. Man geht friedlich um miteinander. Du bist frei!«

Er hustete. Dazu holte er tief Luft, legte dann den Kopf in den Nacken, der Hals blähte sich und wurde kräftig durchblutet, die Augen waren angestrengt aufgerissen und blickten ins Irgendwo, der Kopf stieß nach vorn und unten, und ein trockener, heftiger Explosivlaut erfolgte, der ganze Kopf war inzwischen rot, ein kleiner Nachlaut schloss sich dem gewaltigen ersten an, die Röte nahm ab, der Anfall war beendet.

»Du musst wissen, David, Antiklingonismus ist sein Dauer-Mantra«, hatte Hendrikje in das Husten hinein erklärt, »da hat er seinen Hau. Aber für mich ist hier bei dir schon Christiania.«

David sah seine Befürchtungen Wirklichkeit werden.

»Was soll'n das heißen?«, wunderte sich Tschaki, der damit bei David einen Punkt gutmachte, »ich sag doch, in Christiania ist die Gemeinschaft nicht repressiv, sondern produktiv! Das spürst du, garantiert. Du wirst es lieben.«

»Du hast die Empathiefähigkeit einer Kinderschaukel«, konstatierte Hendrikje, was Tschaki einmal husten ließ, wie gewohnt. Gleich danach ergriff er eine weitere Brotscheibe, eine von den dänisch-hellfarbigen, schaumstoffweichen, und belegte sie mit einer doppelten Schicht Serranoschinken und einer löchrigen Dänenkäsescheibe und platzierte darauf Bananenscheiben. Solch ein luxuriöses Tafeln, dachte David, würden die beiden sich im herrschaftsfreien Christiania wohl kaum leisten können.

Als die überraschend hereingeschneiten und anhänglichen Gäste die Couch einnahmen und den Fernseher anknipsten und wie aus dem Nichts Kartoffelchipstüten hervorzauberten und zu knacken und knirschen begannen und bei jedem Griff in die Tüte – und das ging pausenlos – ein raumfüllendes Rascheln erzeugten und zwar ins Farbzucken des Bildschirmes sahen wie in ein Lagerfeuer, aber sich gar nicht um das laufende Programm kümmerten, sondern leise über bestimmte Personen auf einer Party bei einem Maxim stritten, wobei Tschaki verschiedene männliche Namen, sie dagegen weibliche aufzählte, und der Tonfall immer aggressiver wurde, da wischte David die Pinsel am Farblappen ab und stellte sie in die Pinseldose, schnappte sich seine Fototasche, zog die Steppjacke über und trat vors Haus. Der Himmel dehnte sich sternübersät.

Nach einer Stunde kam er wieder. Die zwei lagerten noch immer auf dem Sofa. Mit geschlossenen Augen. Leise brabbelte es aus dem Fernsehgerät. Hendrikje lag auf Tschaki. Eigentlich war das ein ergreifendes Bild, dachte David. Er packte die Kamera aus und schoss ein paar Bilder. Dann räumte er den Abendbrottisch ab. Das Geklapper des Geschirrs forcierte er. Tatsächlich erwachte Hendrikje.

»Wo warst du denn?«, fragte sie halb vorwurfsvoll.

Sein »Draußen« genügte ihr. Sie knuffte Tschaki in die Seite, der riss die Augen auf und brauchte eine Weile, um sich zurechtzufinden. Beide verschwanden in ihrer Kammer. Man hörte leises Sprechen. Noch ein paar Mal ertönte Husten. Er drang durch die Holzwände, als seien sie aus Pappe. Dass sie so dünn waren, war eine unangenehme Entdeckung. Der Husten füllte das Haus. Der Husten überdeckte andere Geräusche und überlagerte Gedanken. Der Husten war allgegenwärtig.

Endlich verstummte er. Das Gefühl der Zugehörigkeit zum Umgebenden stellte sich bei David wieder ein.

Seiner Gewohnheit nach war David früh erwacht, war aufgestanden, hatte geduscht, danach Kaffee aufgebrüht, schlürfte das heiße Getränk und mischte dabei Farben an. Tschaki meldete sich mit einem dreifachen kurzen, erstickten Bellen. Das blieb für lange das einzige Lebenszeichen. David hatte schon befürchtet, einer von den beiden wäre ebenfalls Bettflüchter. Erleichtert nahm er sich vor, sein tägliches Pensum so zu beginnen, als könne er es auch zu Ende bringen. Nichts sollte ihn davon abbringen.

Ein neuerliches Bellen erklang. Es war höher und durchdringender. Hendrikje mischte also jetzt mit. Dann wieder Stille. Und David blieben mehrere Stunden konzentrierter Arbeit, bis die Kammertür sich langsam öffnete und Tschaki erschien und ohne Morgengruß und ohne auf den an der Leinwand Beschäftigten zu achten schnurstracks ins Bad schlurfte. Seine Rückkehr vollzog sich auf gleiche Weise. Allerdings drang danach aus der Kammer Gemurmel. Und nach einiger Zeit öffnete Hendrikje die Tür, das Haar aufgelöst, in T-Shirt und Slip. Sie hielt bei ihm an, duftete undefinierbar, grüßte noch nicht ganz wach, raffte mit einem Griff die Haare am Hinterkopf zusammen und zog mit der anderen Hand einen Gummiring darüber, und fertig war der Pferdeschwanz. Sie näherte sich dem entstehenden Bild, sah auch auf die beigeheftete Vorlage, verströmte ein Mehrfaches ihres feinen Nachtduftes, deutete auf das Foto und sagte, erstaunlich wach:

»Du könntest doch auch uns mal schnappschießen, Tschaki und mich. Den erbarmungslosen Kidnapper und das erbarmenswerte Opfer.«

»Mach ich, wenn ihr es nicht merkt. Posieren ist verlogen, wenn es Spontaneität vortäuscht.«

»Und wie hast du das da hingekriegt?« Sie deutete auf das Foto.

»Berufsgeheimnis.«

»Wie uncharmant! Also, so wird das nichts mit uns«, erklärte sie patzig. »Wo ich doch deine Kunst beleben will.«

Aus der Schlafkammer drang Tschakis Husten. Beleidigt zog Hendrikje ab ins Bad. David sah ihr nach.

Nach einigen Minuten betrat sie die Bildfläche erneut, notdürftig in ein Handtuch gehüllt, ohne einen Blick für ihn zu erübrigen.

Noch später machte sie sich in der Küche zu schaffen, backte Brötchen auf und machte Kaffee. Hustend tauchte Tschaki auf.

»Ach nee«, sagte sie.

»Ich brauch erst ma'n Kaffee«, nuschelte er, »ich sag kein Wort ohne mein' Kaffee.«

Darauf hustete sie. Das Husten ließ sie erbeben. Sie schien völlig abwesend dabei.

Am Frühstückstisch auf der Ostterrasse. Hingebungsvoll hatte Hendrikje ihn mit sämtlichen Vorräten des Kühlschrankes gedeckt, sorgfältig auch darauf bedacht, dass Schmelzbares im Schatten wärmeunempfindlicher Dosen und Packungen stand.

Bei den Bayern drüben klappten Autotüren. Einem »Siadadhoaß is«-Schrei der Frau antwortete ein »Schrei net so narrisch, bist eh halbert nackert« des

Mannes. Dann wurde ein Motor angelassen, und Reifen knirschten über die losen Steine des Weges.

Hendrikje versprühte gute Laune, die sie aus unergründlicher Quelle schöpfte. Ihr Husten hatte sich verabschiedet. Ihre Hände lagen auf ihren bloßen Schenkeln, als sie gelassen einer Biene den Rundflug über ihrem Honigbrot, das auf dem Teller wartete, gönnte, und sie meinte in Richtung morgenblindem und nachtverfilztem Tschaki, sie habe doch ein Referat über Maxi Wanders Frauenreportagen aus dem DDR-Alltag gehalten. Und unabhängig vom Inhalt habe ihr der Titel super gefallen: *Guten Morgen, du Schöne!* Ehrlich, sagte sie, wenn sie sich vorstelle, so am Morgen begrüßt zu werden – oder das auch erst am Frühstückstisch auf der Ostterrasse im Klegoder Häuschen zu hören, also, sie fühlte sich dann bestimmt wie im Märchen.

Dass es hierauf keine Reaktion von Seiten Tschakis gab, sondern dass der sich in seiner Tasse, im dunklen Kaffee, spiegelte und manchmal, mit leerem Mund, die Zähne leise gegeneinanderschlug, als friere er, wunderte David nicht. Dabei hätte Hendrikje den Gruß verdient, ganz objektiv gesehen, dachte David, sie knisterte vor Lebenslust und sah, auch ganz objektiv, verteufelt gut aus.

»Früher«, sagte er, um Hendrikje an Unverfänglicheres denken zu lassen, »früher sprach man bei so einem Wetter wie heute von *Kaiserwetter*, weil es geeignet war für Paraden, für Triumphaufzüge und so.«

»Ist auch heute geeignet«, ging überraschend Tschaki darauf ein, »die Herrschenden haben Angst vor so 'nem prallen Wetter, denn da erhebt sich das Volk. Gehn eben nicht alle Prekären und Regierungskritischen bei klasse Wetter ins Schwimmbad und in Biergärten. Deshalb ziehen die Herrschenden das, was nur der Bereicherung der Besitzenden dient, im Spätherbst oder Frühwinter durch. Castortransporte ins Wendland zum Beispiel.«

Als es danach still blieb, war David aufgestanden. Vielleicht wollten die zwei allein sein. Er ging ums Haus. Im Westen striegelten Windstöße das Dünenfell. Es flitterte und glänzte.

Er machte sich zum Strand auf und sah aufs Meer hinaus. Der Nordwestwind, der die Brandung hochdrückte, war morgens ein Garant eines überwiegend wolkenfreien Tages, glaubte er inzwischen zu wissen.

Am späten Vormittag war er zurück. Die Südterrasse schmorte in der Sonne. Von den beiden keine Spur. Sie waren im Haus und lümmelten auf dem Sofa. Auf dem Tischchen daneben bergeweise volle, halbvolle, zerknüllte leere Tüten Lakritze, Chips und Kekse. Der Fernseher lief.

David stellte sich wieder vor, das aneinanderklettende Pärchen so zu malen. Dazu nähme er dann in der Gegenschau ein TV-Bild einer Demonstration hochaktiver Jugendlicher, und daneben, im Hintergrund, an der kalkweißen Wand, hinge ein kolorierter Stich der Ulrike von Levetzow. Genau das, nahm er sich vor. Ein Drei-Ebenen-Bild. Und Ulrike mit abwägendem Blick, wie sie ein Anonymus 1821 gemalt hatte, mit Ovalgesicht, mit vollem Mündchen und einer Spur Heiterkeit auf den Zügen – vor schlicht-dunklem Hintergrund der weiße Spitzenausschnitt und der Schwanenhals.

Aber womöglich würde diese versteckten Hinweise keiner kapieren und schon gar nicht die allgegenwärtige Meisterschülerin, überlegte er ernüchtert. Nämlich den Hinweis auf Verzicht der Lustbefriedigung, wie ihn der sehr alte Goethe der sehr jungen Ulrike gegenüber notgedrungen wählen musste, wohingegen das junge Hendrikje-Tschaki-Paar im Vordergrund reine Lust wie auch Gelähmtheit, mit den Demonstranten als Kontrast, verkörperte. Er könnte ja, wie manche seiner abstrakten Kollegen es handhaben, seine Erkenntnis ins Bild eingravieren. Warum nicht? Er könnte den in Frage kommenden Satz – Er hatte sie von seinem Lehrmeister an der Kunstakademie her noch im Kopf, jene larmoyante Sentenz aus Thomas Manns *Königliche Hoheit* – an den Bildrand kritzeln, den vollmundigen Spruch des Axel Martini: *Die Entsagung ist unser Pakt mit der Muse, auf ihr beruht unsere Kraft, unsere Würde, und das Leben ist unser verbotener Garten, unsere große Versuchung, der wir zuweilen, aber niemals zu unserem Heil, unterliegen.*

Entsagung – na gut. Das Urteil war auf Dichter gemünzt. Aber der scharfsichtige Betrachter würde es auch auf die apathischen Jugendlichen seines Bildes übertragen. Und auf den unsichtbaren Maler, auf ihn, dem ja in der traurigen Regel oder vernünftigerweise, wie auch immer, nichts anderes blieb als solch ein goetheanischer Verzicht.

Hendrikje spürte, dass ihn etwas umtrieb.

»Was ist?«, fragte sie.

Aus heiterem Himmel brach es da aus David heraus: »Euch Oblomowisten geht es gut in der Unordnung da, oder?«

Tschaki fühlte sich natürlich mit keiner Silbe angesprochen.

»Huch! Oblo … was? … Oblomisten? Was'n das?«, spielte sie die Erstaunte, noch entspannt im Tonfall. »Aber was heißt hier *Unordnung*? Meinst du diese kunstvolle Assemblage auf dem Tisch? Die nennst du *Unordnung?* Das ist echt daneben.« Ihre Stimme nahm kurz einen Beiklang von Schärfe an. Wurde aber gleich wieder sanftmütig: »Wo bleibt deine Kunstsinnigkeit?«

»Kunst? Vergiss es! Ich finde es praktisch, wenn sich aller Nutzkram an seinem Platz befindet. Leere Tüten zum Beispiel im Plastikmüllsack. Das bevorzuge ich. Nenn es Ordnungsprinzip.«

»Stellt nicht so ein Zustand der Vorläufigkeit und der Unvollendetheit das vielleicht Unzulängliche tradierter Ordnung zu Recht in Frage«, konterte sie, die jetzt ihr gesammeltes Wissen aus unzähligen Vernissagen und aus aufmüpfigen Oberstufenkursen einbrachte, »nenn es Lustprinzip.«

Er bot einen armseligen Auftritt. Und sie war so witzig und wehrte sich elegant. Eine Kampfkatze mit Stil. Das gefiel ihm leider sehr. Aber trotzdem: So konnte es nicht weitergehen. Sie raschelten. Die Glotze war permanent in Gang. Manchmal schlug Tschaki die Zähne gegeneinander. Manchmal hustete er. Seltener tat sie ihm das nach. Sie waren spürbar anwesend. Dazu diese hellwache, wenn nicht sogar kratzbürstige und eigentlich doch anstrengende Wehrhaftigkeit Hendrikjes.

Das alles störte. Doch, doch: Er wollte sich nicht lumpen lassen, er wollte großzügig sein. Aber leider fühlte er sich immer stärker beeinträchtigt. Auch weil sich noch etwas geändert hatte: Anders als in den Stunden des Eintreffens und des Abends war Hendrikjes abwechslungsreiches Mienenspiel in eine Art Winterstarre gefallen. Wie abgestorben wirkte sie. Auch das belastete ihn merkwürdigerweise.

Er wandte sich ab und beschäftigte sich mit seinen Pinseln. Ausgeschlossen nur, jetzt und hier zu arbeiten. Er könnte wohl die Staffelei nach draußen schieben, überlegte er, doch da blies der Wind in die Augen, sie würden nach einer Weile brennen, zumal wenn er konzentriert auf einen Punkt blickte. Auch würde die Farbe am Pinsel vorzeitig trocknen.

David setzte wieder unvermittelt an, ohne sich bremsen zu können, die beiden Ausreißer auf ihre Verantwortung gegenüber sich und ihren Eltern und der Gesellschaft hinzuweisen. Was solle aus ihnen werden?, eiferte er wie ein Strafprediger.

Zerknirscht lauschten sie, wollte es ihm scheinen. Nickten auch manchmal. Vielleicht waren es aber auch Begleitbewegungen zum leise auf dem eingeschalteten Musiksender hörbaren *I can get no satisfaction* der Rolling Stones. Doch fühlte er sich verstanden. Bis auf einmal Hendrikje erklärte, seine Killersprüche seien unlustig. Die Platte kenne sie bis zum Erbrechen. Logo, sie seien natürlich seiner Ansicht in Sachen

Verantwortlichkeit und so … Aber mal könne man doch Spaß haben … Wenigstens in der Stresssituation einer Entführung.

Tschaki behielt die Rolle des dauerhaften Zuhörers bei und kramte Tabak und Zigarettenpapier hervor und drehte sich eine.

»Die Lunge teeren«, nuschelte er schließlich und verzog sich nach draußen. Hendrikje sah ihm unwillig nach und blickte so auch David an, der ein schlechtes Gewissen hatte, seiner miesen Laune nachgegeben zu haben.

»Schikanöse Levitenlesung, Herr Wüterich!«, bohrte sie hochmütig in der Wunde seiner Selbstvorwürfe, von denen sie nichts wissen konnte.

Irritiert merkte er, dass jede ihrer nicht berechenbaren Äußerungen sich in ihm festsetzte. Er blickte auf die Leinwand. Mit feinstem Pinsel gab er der zentralen Demonstrantin, über deren Kopf die rote Fahne mit der gelben Lachsonne darin im Wind flatterte, helle Strähnen ins dunkelblonde Haar, das gleichfalls ein Opfer des Windes war. Das sah aus wie auf einem jener zupackenden sowjetischen Agitprop-Plakate der 20er-Jahre, überlegte er und hatte nichts dagegen. Er beließ es weiterhin bei vagen Gesichtskonturen und stellte das Bild weg.

Was für ein verwirrender Ausbund an ungestümer Weiblichkeit hatte sich da bei ihm eingenistet! Sie war außergewöhnlich. Ganz objektiv gesehen. Und geistesgegenwärtig, ja. Und reizvoll. Auch ganz objektiv gesehen. Zum Glück war er in der Lage, das nüchtern einzuordnen, sagte er sich. Und ging wortlos auf die Terrasse, mit wenigstens so etwas wie einer grimmigen Miene, hoffte er. Und wirklich sah sie ihm verblüfft nach. Das machte es für ihn keineswegs besser. Er fühlte sich völlig untauglich für den Umgang mit ihr.

Hendrikje hatte sich auf den Teppich gelegt und die Beine zur Kerze gehoben.

»Im Übrigen«, räumte sie mit gequetschter Stimme und rotem Kopf ein, »wusste ich nicht, dass es dich kränkt, wenn Unordnung ist. Ich mag's auch lieber geordnet. Aber wo Tschaki ist, da gibt's Schneisen der Verwüstung wie nach 'nem Tornado.« Und das, presste sie hervor, das erinnere sie fatal an ihre Mutter Helen, die habe heute den extremen Reinlichkeitsfimmel und morgen mülle sie alles zu.

»Wirklich?«

»Doch!«

»Und wie kommst du dann mit Tschaki klar?«

»In seiner WG? Ich mach ihn an, und er hört zu. Und das war's für ihn.«

»Und für dich?«

»Ich räum seine Bude auf. Und wenn er mich dann fertigmacht, als knochenbürgerlich und so, werd ich stinkig und mach ihn zur Schnecke.«

»Wie denn?«

»Wie man das eben so macht. Ich sag, er sei ein verwöhntes Muttersöhnchen und antriebsarm und parasitär.«

»Und er?«

»Ist wie 'ne Briefmarke. Wenn man ihn bespuckt, klebt er um so mehr an einem.«

Sie kam wieder auf die Beine. Aber nur, um sich neben ihm im Schneidersitz niederzulassen.

»Wie heißt das Bild?«

Er wollte nicht länger palavern, sondern der Frau, die nackt zwischen den Männern stand – sein Beitrag zum nächstjährigen *Susanna-im-Bad*-Konspekt in Zürich –, passende Zehennägel verpassen.

»Wenn du noch keinen Namen hast, ich wüsste einen: *Fat Cats*. So sehn die Männer aus. Abgefeimt.«

Bis gestern hatte er diese Susanna reizvoll gefunden. Schon das ursprüngliche Foto, die Aufnahme einer Zufallsbekanntschaft auf Korsika, hatte ihn fasziniert. Aber mit einem Mal kam ihm die Fotografierte leblos vor, auch auf seinem Bild. Es war wie leergefegt. Hendrikje hatte es gestern in Händen gehalten und gemustert und ihm dann nach einer Weile einen Blick zugeworfen, einen überraschten, der zögernd in ein leichtes Lächeln übergegangen war. Dieser Blick hatte ihm die Susanna unbeseelt erscheinen lassen.

Abgefeimt? In der jungen Frau schlummerten merkwürdige Wörter. Er trug grauen Lack auf die Zehennägel auf. Hendrikje schwieg eine wohltuende Weile.

»Am liebsten mochte ich schon immer deine Snapshots. Diese atemlosen Bewegungen. Und da den Ausdruck der Gesichter. Und dass du auch keiner bist, glaub ich, der sich erlaubt, Menschen zu malen, die so eine irreale Idealschönheit verkörpern, oder? Sogar widerliche Hannibal Lecter-Typen sind darunter. Ich kenn deine Bilder, ich war auf allen deinen

Ausstellungen. Das war dir deine Lieblingsnichte schließlich schuldig. Auch wenn du mich gar nicht wahrgenommen hast.«

»Unverzeihlich.« Er sah nicht auf.

»So, wie die besondere Frau hier«, sie ließ nicht locker und wies auf die Nackte, »so könnte die Uta von Naumburg auftreten. Mami hat überall Bildbände von ihr. Da ist sie brav angezogen. Unbekleidet könnte sie … Weiß ja keiner, wie die im Mittelalter ohne was wirklich ausgesehen haben.«

»Nicht anders als heute, schätze ich.«

»Was meinst du, könnte ich als Uta von Naumburg durchgehen?«

»Uta wäre nie aus dem Internat geflohen. Sie war eine Heilige.«

»Ich etwa nicht?«

»Uta war eine keusche und heilige Verführerin.«

»Na bitte!«

»Sie hatte einen Silberblick.«

»Oha. Aus die Maus.«

Sie waren in Hvide Sande und hatten fangfrische Scholle gegessen. Hendrikje hatte auf seine Ankündigung, sie führen in ein Fischrestaurant, aufgeschrien: »Ich liiiiiiebe Fisch!« Und Tschaki hatte das großzügig abgenickt, Omega-3-Fettsäuren seien in Ordnung. Den Edelschuppen am Hafen aber fand er dann jedoch »pervers«, vor allem die servilen Handreichungen der »Lackaffen«, schwieg aber nach der angewidert vorgebrachten Kritik und verschlang das Vorgesetzte.

Danach hatten sie an der Schleuse zwischen Nordsee und Ringköbing Fjord den Anglern zugesehen.

»Haben wir den Fisch etwa aus der Brühe gekriegt?«, entsetzte sich Hendrikje.

»Ach was!«, beruhigte David sie, »deine Scholle stammt von viel weiter draußen. Hier gibt es nur Heringe, ganz selten mal Plattfisch. Du kannst das sehen, wie die Angler nur silbrige Heringe rausziehen. In den Hafenecken könnten mal auch Aale beißen, kleine, ganz selten mal.«

»Bist du auch so'n Fischmörder?«

»Dafür bin ich zu nervös. Das mit den Fischgründen weiß ich von Tschakis persversen Kellnern in dem Restaurant.«

»Weiter draußen ist das Meer doch auch kaputt. Völlig übersäuert«, gab Tschaki plötzlich zum Besten. »Die Bakterien, die den reingeschmissenen Dreck im Wasser abbauen, die scheiden Säuren aus, und das macht das System kaputt.« Ein Hustenausbruch, den er aufgespart hatte, schloss den Vortrag ab.

»Ey, du bist ja'n Schlaukopf!«, mimte Hendrikje Bewunderung.

»Hat mir Maxim gesteckt, Alter. Wir haben noch hundert Jahre, dann wird die Menschheit todkrank sein. Nur die Bakterien überleben.«

»Immerhin«, sagte sie halbwegs unbekümmert, vielleicht weil sie jetzt noch genug Lebenszeit vor sich wusste. »Trotzdem ist langsam aber sicher Veränderung angesagt! Ich schlage vor, wir verzichten ab sofort auf den ganzen Chipskram und auf alles, was in Kunststoff verpackt ist. Kunststoff ist ein Ölprodukt …«

»… und wir verzichten auf Atom!«, unterbrach Tschaki.

»Sowieso! Dann haben wir sauberes Wasser und saubere Luft.«

Sie hatten das tiefernst vorgebracht. Da werde einer schlau aus denen, dachte David. Tschaki ließ jetzt ein markiges »Aber die Gier der Leute ist größer als der Verzicht« vernehmen, gerade so, als gelte das für ihn längst nicht mehr. Das ließ man so stehen und fuhr in den Lyngvejen zurück. Seine Begleiter hatten schon länger nicht mehr gehustet, fiel David auf. Nur Tschaki einmal. Dafür hatte er im Hafen sein Zähnebeißen verstärkt.

Der Husten kam wieder, als die beiden sich gähnend in ihrer Kammer verkrochen: Tschaki war das, ein paar Mal, dann wurde es still. David fuhr mit den Zehennägeln Susannes fort und war zufrieden, dass die Stille des Hauses ungestört blieb.

Zwischen seinen Gästen hatte es offenbar Ärger gegeben. Sie waren gereizt, als sie am Spätnachmittag wieder auftauchten. Der Ärger entlud sich, als Tschaki sich einen Pfirsich aus der Obstschale nahm.

»Halt!«, riss sie ihn zurück.

»Was?«

»Der hat faule Stellen!«, warnte sie.

»Eine. Die eine.« Er wies darauf.

»O.k., eine.«

»Minimal!«

»Aber setzt sich innen fort.«

»Setzt sich fort? Von was für 'nem Hirntoten hast du das? Und denkst du, ich ess die Stelle mit? Ich schneid das Teil raus, das faule, und fertig!«

»Du spinnst! Das setzt sich innen fort. Ich sag's dir. Isst du jeden Dreck?«, beharrte sie.

»Und du willst Ärztin werden.«

»Ähhh … wollte … und was hat das damit zu tun?«

»Wollte? Gestern so, heute anders, morgen wieder so?«

»Ich befinde mich in einem Entwicklungsprozess. Altersbedingt. Solltest du wissen.«

»Und wenn du einen Patienten mit einer örtlichen Entzündung vor dir hast oder gehabt hättest, ist ja egal, hättest du den auch im Ganzen in den Müll geschmissen?«

»Wie tickst du denn!«

Es war ruhig.

»Weißt du was«, sagte sie unvermittelt, »lass uns schwimmen gehn!«

Wider Erwarten hatte Tschaki keine Einwände. Er hustete zwar mitleiderregend, versenkte aber den Pfirsich in der Mülltüte und verschwand in der Kammer und packte Badesachen zusammen.

»Kommst du mit?«, fragte Hendrikje und nickte David aufmunternd zu.

»Ich komm nach. Gleich.«

Einträchtig wanderten die beiden los. David verstaute seine Fotoausrüstung und folgte in einigem Abstand. An seinem bevorzugten Platz in der großen Düne bezog er Stellung. Schnell war die Kamera in Position.

Nahe dem Wasserrand schälten sie sich aus der Kleidung. Das ging umstandslos. Erstaunlich, wie biegsam und kraftvoll Tschaki, trotz seiner sonst zur Schau getragenen Trägheit, sich bewegte, und wie er mit ein paar federnden Sätzen im Wasser war und in die schaumige Brandung hechtete.

Und sie – sehr fraulich, mit mädchenhaften Brüsten. Im Handumdrehen nahm auch sie den Kampf mit den heranrollenden Wasserwalzen auf. Das Objektiv folgte.

Nichts hatte David so vermeiden wollen, wie dieses inwendige Brennen, das sich hemmungslos ausbreitete. Sein Blick war wie magisch auf sie gerichtet, wie sie aus dem Wasser schnellte, hell und gelenkig, wie sie glänzte, und wie ihr Gesicht Glück wiedergab. Das hielt er in kurzen Abständen fest, als werde ihn jede entgangene Regung reuen, bis er feststellte, dass das Toben der beiden erlahmte. Er verstaute das Arbeitsgerät und stieg hinab.

Ungestüm rannte sie auf ihn zu, rief im Rennen, er solle reinkommen, unbedingt, es sei herrlich, herrlich, herrlich! Es werde ihm guttun, und sie hielt, das Wasser troff herab, ihre Anmut war unvergleichlich, hielt vor dem wogenden Äthylblau des Meeres und dem lichten Zirkonblau der Horizontlinie und dem ultramarinen Leuchten des Himmels, hielt, blieb aber in unablässiger Bewegung, jeder Teil ihres wasserglänzenden schönen Körpers gab Nachricht von der Lust, die sie empfand, und war verlockend und stimmig, war sich verschwendende Fröhlichkeit, war unerschöpfliche Anziehung, war ein sich selbst genügendes natürliches

Gesamtkunstwerk, war harmonisches Zusammenspiel. Kein Widerstand war denkbar. Sein Denken war außer Kraft. Weshalb er fassungslos stand, erstarrt stand, als sie sich umdrehte und als Tschaki schrie, mit sich überschlagender Stimme: »Henny, die fetten Brecher!«, und sie, aufs Meer sehend, zurückschrie: »Momäääänt, Mensch!«, und drängte, wieder David zugewandt: »Ist phantastisch!« und »Komm doch!«, und sich entfernte, erst zögernd, und dann nur mehr mit dem einen Ziel und doch noch mal hersehend: »Bitte!«

Dem musste er Folge leisten. Aber er machte keine Anstalten. Es hatte ihm den Atem verschlagen, sie hatte ihm den Atem verschlagen, ihre selbstverständliche Nacktheit. Wenigstens vermochte er den interessierten Zuschauer zu simulieren, kurz, und gab auch ein Winken zurück, dann lief er in Richtung Söndervig, als habe er es eilig, um nach hundert Metern die Dünen hochzustapfen und den Weg nach Hause einzuschlagen, das viele Blau von vorhin und Hendrikje mitten darin weiter im Sinn. Nur das. Er hatte ein fertiges Bild vor sich. Es war beunruhigend. Statt sich festzuklammern an ihr im Mittelpunkt des Bildes, ermahnte er, nein, befahl er sich, stattdessen musste er sich ablenken und sich über irgendwas Fernliegendes Gedanken machen, und wenn es das millionenfach gemalte und überstrapazierte Himmel- und Wassermotiv wäre. Alle aufgeschnappten Theorien dazu könnte er Revue passieren lassen. Aber es ging nicht. Da war sie noch immer in dem viel zu sehr Blauen! Das wurde er nicht los. Hatte nicht Goethe verkündet, man sehe das Blaue gern, weil es sich entziehe? Von wegen! Das

47

Einzige, was sich entzog, nein, sich entziehen musste, obwohl sie alles tat, gerade das nicht geschehen zu lassen, dachte David resigniert, das war die vom Blau Eingefasste, die ins Blau übergreifende Hendrikje.

Er verfolgte, wie die Kaffeebrühe im Filter sank. Die Tür nach draußen war weit geöffnet. Hendrikje hängte die Badetücher auf, Tschaki saß daneben auf der Schaukel oder hing eher in ihr, wie in völliger Erschöpfung.

»Tschaki, wir bleiben hier. Vergiss den Stuss mit Christiania!"

»Du gehst dem Luxusleben dieses Salonmalers auf den Leim«, murmelte er. »Der pinselt vor sich hin und zockt tierisch Knete dafür ab.«

»Quatsch! Du bist stur. Und was soll dein nerviges Zähnegeklapper?«

Tschaki pochte sich auf den Kopf.

»Hier drin … ich weiß nicht, das macht mich plemplem. Das hallt. Seit wir hier sind, ist mein Kopf ein Hohlkörper. So hört es sich an.«

»Dazu sag ich lieber nichts.«

»Klar, hältst dich raus, bist abtrünnig.«

»Ich abtrünnig? Willst du mir'n schlechtes Gewissen einreden und mich damit gefügig machen. Und nur, weil ich nicht mitwill?«

»Auch deshalb.«

»Was soll ich da? Tag und Nacht abhängen?«

»Wer spricht denn davon?«

»Nein! Endgültig. Ohne mich!«

»Deine Entscheidung.«

»Ich mach das Abi fertig und zieh dann mit Fleur los.«

»Machst eh, was du willst. Ich seh dich schon ackern, bis der Sargdeckel zuknallt.«

»Ich wollte sowieso Grabengel werden.«

»Kannst dir an einer Hand abzählen, was sie einem Giftpilz wie dir erlauben zu werden: Eine hirnlose Verzierung für die Machtrituale der Großfinanz wirst du.«

»Pfff – Giftpilz. Und du, du hast doch nur noch die eine Mündliche in Physik. Dann hättest du auch dein Abi.«

»Man muss den bourgeoisen Prüfungsmuff boykottieren.«

Tschaki richtete sich auf. Plötzlich voller Spannkraft, wie drunten am Wasser.

»Mich kriegen sie nicht! Ich verfaule nicht als Arschknirps im morbiden Kapitalismus.«

»Wer will schon verfaulen! Weißt du was, du kaust einem mit deinen Phrasen das Ohr ab und machst mir und dir selber was vor.«

Ohne ein weiteres Wort standen sie sich gegenüber. Bis er sich abwandte und ins Haus kam und in der Kammer rumorte. Die Tür blieb offen. Hendrikje ging blass hinein und schloss sie. Vereinzelt wurde gesprochen. Dann erschien Hendrikje wieder. Sie wischte sich die Augen und sah David an.

»Tschaki will weg. Sofort. Ich nicht«, schniefte sie. »Darf ich noch bleiben? Nur'n paar Tage?«

»Ja.«

»Und darf ich Tschaki mit dem Auto nach Ringköbing bringen? Da findet er schneller wen, der ihn
mitnimmt, denkt er.«

»Stimmt wahrscheinlich.«

Er gab ihr den Schlüssel und ersparte sich den Vorschlag, ob nicht besser er fahren solle, und unterdrückte
auch die Nachfrage, ob sie sich in ihrem Zustand überhaupt das Fahren zutraue. War ja offenkundig, dass sie
das tat und was sie wollte.

Es dämmerte, als der Volvo vor dem Haus hielt. Viel
gearbeitet hatte David in der Zwischenzeit nicht, das
heißt, er hatte sich nicht in ein Bild vertieft, sondern
hatte auf der Südterrasse gesessen und sich die Be-
schaffenheit des Grundstücks bewusst gemacht.
Worauf Wert zu legen war: Auf das Sandbeige und
Grün des Strandhafers, also den Bewuchs der Dünen,
die hier überwiegend mit einem bodendeckenden
Unterkraut, halb Moos, halb Heidekraut überzogen
waren, aus denen das hohe, harte Gras herausragte
und wie mit Silberhaut ausgestattet war, bei entspre-
chendem Lichteinfall. Das hatte er so präzis wie möglich registriert – was seine Gründe hatte. Es galt neue
Beunruhigung zu vergessen.

Lange blieb es ruhig im Haus, als David sich am nächsten Morgen an die Staffelei gesetzt hatte. Er kam voran.
Ihre Trauermiene am Abend hatte ihn gerührt und wie
sie schweigsam und ohne etwas gegessen zu haben

in ihrer Kammer verschwunden war. Ihr beizustehen, fühlte er sich unfähig. Er ließ die Malarbeit ruhen und griff zum Nächstgreifbaren, nämlich Baudelaire. Als Lesezeichen diente ein Zettel mit einer Notiz zu dem Büchlein der Denise Holle, dass sie nämlich für Mitte Juli das Lyngvejen-Häuschen gebucht habe, was direkt an seinen Aufenthalt anschloss. Eigenartiger Zufall.

Hendrikje war wie ausgewechselt. Als habe sie ihren Kummer im Schlaf überwunden.

»Dali hat auch jeden Tag gemalt, hab ich gelesen. Und er hat gepfiffen und gesungen dabei.«

Da war er wieder und fast noch lebendiger: Der ständige Wechsel in ihrem Gesicht. Die eine Braue zuckte hoch, die Augen weiteten sich, die Oberlippe schob sich vor, beide Lippen kräuselten sich. Und oft endeten ihre Sätze jetzt in einem Anflug von Lächeln. Ihrem kein bisschen prätentiösen, ihrem unverstellten Lächeln.

Er war bemüht, sich pro forma auf ihre Fröhlichkeit einzulassen. Auch war er an den gestrigen Morgen erinnert und wie sie sich den Morgengruß wünschte. Tschaki konnte ihr den Wunsch nicht mehr erfüllen. Vielleicht war das ja auch nur ein Augenblickseinfall von ihr gewesen. Ihm indes lag das *Guten Morgen, du Schöne!* auf der Zunge. Aber dann antwortete er auf ihr »Hi, David!« kärglich mit: »'n Morgen!«.

Beim Frühstück auf der Ostterrasse, für ihn war es das zweite, redete sie wie ein Wasserfall. Vielleicht wollte sie ihn von unliebsamen Fragen abhalten. Sie eröffnete ihm und sah ihm unverwandt in die Augen, sie werde ab sofort die Küche und überhaupt den Haushalt

51

übernehmen. Also auch das Kochen. Und das besonders gern.

»Denn Essen ist ein sinnliches Vergnügen, und Kochen ist das Vorspiel, hat Papa mal gesagt. Was natürlich nicht für meine Ohren bestimmt war.«

Ihr Entschluss stehe fest. Er solle für ihr Hiersein entschädigt werden und alle Zeit der Welt zum Malen haben, denn sie bewundere über die Maßen, was er aus dem Nichts entstehen lasse.

»Und?«, fragte sie immerhin und sah ihn groß an.

»Wenn du willst«, gab er alle diesbezüglichen Ansprüche neidlos ab.

»O.k.«, sie schenkte ihm ein zufriedenes Lächeln. Die Sonne warf die Schatten ihrer Wimpern auf die Iris. »Der Drops wär' also gelutscht.«

Zur Küche gehöre aber auch, fuhr sie sogleich fort, das Einkaufen. Das erledige sie ebenfalls. Und zwar sorgfältig und sparsam – und mit dem Volvo, und zwar in Ringköbing im SuperBrugsen, weil in Söndervig die Auswahl zu eingeschränkt sei und weil es viel Frisches und Gesundes geben solle. Daher müsse er sie ausreichend mit Geld ausstatten. Ob er das schaffe?

Er war hellhörig geworden. Das war doch Jasmins Masche, genau das von ihm zu beanspruchen, was nur er hatte oder woran ihm gerade lag, nämlich zum Beispiel an der Bewegungsfreiheit per Auto. Und Jasmin hatte bei solchen Vereinnahmungen aufmerksam darauf geachtet, wie weit er sie gehen ließ. Für sie war das ein Gradmesser seiner Liebe zu ihr.

Doch das hatte mit Hendrikje nichts zu tun, glaubte er unbedingt. Obwohl auch sie, in ungeübter Forschheit, den Spielraum ausmaß, den sie hatte, dabei bereit, sich gleich wieder zurückzunehmen. Die Sache war aber, sie brauchte den Wagen wirklich. Und Geld, um wirtschaften zu können, brauchte sie ebenso. Und im Ernst: Ihr Vorschlag war umwerfend.

Also gab er ihr alle Kronen, die er hatte und versprach Nachschub, wenn sie ihm morgen mal den Volvo überlasse. Gnädig stimmte sie zu und war inzwischen im Wohnzimmer damit beschäftigt, in den Schubladen nach alten Zeitschriften und darin nach Kochrezepten zu fahnden, wie sie ihn wissen ließ. Er hatte das Gefühl, die Arbeit befreiter fortsetzen zu können.

Einmal sah sie ihm von hinten über die Schulter. Er war am linken Oberschenkel Susannas und er bildete sich ein, ihren warmen Atem im Nacken zu spüren und dass sie tief ein- und ausatmete.

»Weißt du«, sagte sie, »deine Bilder signalisieren aus der Ferne was Nihilistisches, was Starres, Staffage oder so. Aber rückt man ihnen auf die Pelle, vibrieren sie und werden unabhängig vom Material, aus dem du sie schaffst. Da glänzen die Pupillen, als habe man Tollkirschsaft geschlürft, oder Lippen haben eine satte Spiegelung oder sind ausgetrocknet und rissig. Und eine Hundeschnauze ist feucht und gesund oder ist stumpf und trocken. Lebendigkeit eben. In deinen Bildern lebt es. Und sie erzählen das Vorher und Nachher des einen Moments.«

»Das siehst du alles?«, wunderte er sich.

»Ich bin mit ihnen großgeworden, Meister Goll. Vielleicht«, sagte sie darauf unvermittelt und als sei das ein Ergebnis längeren Nachdenkens, »vielleicht ist der Elfenbeinturm des Künstlers die letzte Festung für menschliche Werte und für die Kunstschätze und für den Schönheitskult des Menschen?«

»Alles das? Wie kommst du darauf?«

Sie war erstaunlich. Er wandte sich um. Sie hielt ein Taschenbuch in Händen.

»Hab ich gestern Abend gelesen und hab gedacht, dass es wie für dich geschrieben ist. Von Anaïs Nin. Aus ihrem Tagebuch. Wollte ich dir vorlesen, damit du weißt, was ich von deiner Arbeit halte. Hab ich mich bisher nicht so getraut. Aber weil jetzt alles anders ist …«

Sie brach ab. »Gut, ich fahr los«, sagte sie schnell. »Noch Wünsche?«

Sie könne sich nach einem exquisiten Rotwein umsehen, einem Merlot zum Beispiel. Vom hohen Preis dürfe sie sich nicht abschrecken lassen. Vier Flaschen erst mal. Seines Wissens gebe es bei Brugsen einen ausgezeichneten Roten mit der Appelation Pomerol aus dem Chateau Le Pin.

Sie notierte seine Angaben penibel, nahm die selbstgewählte Aufgabe sehr ernst. Ihr Einkauf würde einige Zeit beanspruchen, teilte sie mit, als sie aufbrach. Er hatte die Lust an den *Fat Cats,* so nannte er das Bild jetzt auch für sich, verloren und widmete sich wieder der Balkonszene, war jedoch zu nervös und lief bald zum Meer. Ohne Ausrüstung. Was er einfangen konnte, hatte er. Zunächst. Er streckte sich im Sand aus und versuchte an nichts zu denken, zumindest nicht an diese im Supermarkt das Weinsortiment inspizierende

Haushälterin. Der Sand war warm. Das Geräusch der Brandung lullte ihn ein.

Er hörte Violinklänge, mal verloren sie sich, mal behaupteten sie sich, melodische Klänge, langgezogen und als ob sie sich dem Wind und dem an- und abschwellenden Brausen der Brandung anzupassen suchten. Ein Mädchen, vielleicht zwölf, stand in wehendem Kleid oben auf der Düne zwischen den Gräsern und spielte. Er war ihr dankbar.

Nach einigen Minuten endete das Spiel. Er sah das Mädchen stehen, dem Meer zugewandt, Violine und Bogen hingen herab.

Es gab Gemüseauflauf. Gut abgeschmeckten Auflauf. Sie saßen auf der Südterrasse. Auf den Tellern häufte sich Buntes. Ein Hase kam aus dem Heckenrosengestrüpp am Rand der Dünen, sprang langsam durch das niedere Gewirr des Heidekrautes und saß auf dem schmalen Sandweg zum Meer und horchte in den Wind. Eine Lerche hing über ihnen in der Sonne und teilte sich unablässig und klangvoll mit.

Launisch fiel der Wind mal über sie her und kühlte das auf die Gabel Geladene, dann wieder blieb er aus.

Hendrikje war ruhig. Hatte sie sich vorgenommen, ihn auch während der Mahlzeiten möglichst wenig zu belästigen? Auch seinen Gedanken nicht im Weg zu sein? Oder bedrückte sie doch Tschakis Abreise? Das Angebrachteste war wohl, soweit er ihre Eigenarten kennengelernt hatte, sie gewähren zu lassen.

Hatte er nicht doch unterstellt, ihre Entscheidung, den Haushalt in ihre Regie zu übernehmen, würde sich schnell in Luft auflösen? Sie belehrte ihn eines Besseren. Ohne weitere Nachfragen kümmerte sie sich sogar nicht nur mit Feuereifer um die Küche, die blitzte und einen prallvollen Kühlschrank aufwies, sondern hatte auch schmutzige Wäsche zusammengesucht, auch aus seinem Zimmer, wie sie ihn später informierte, und die Maschine in Gang gesetzt. Zu seiner Verwunderung empfand er ihr Eindringen nicht als Übergriff.

Am dritten Tag ihres keuschen Konkubinats – so hatte sie das beiläufig am Abend zuvor nach einigen Gläsern Merlot bezeichnet – informierte sie ihn, sie habe vorgekocht, er brauche das Essen nur aufzuwärmen, denn heute wolle sie an die Ostküste. Ihn zu fragen, ob er mitwolle, wage sie nicht, so glücklich wie er neuerdings aussehe, weil sein Tagewerk prächtig gedeihe. Und sie könne nicht genug betonen, wie dankbar sie für sein Vertrauen sei und dass er ihren treuen Händen sein Auto überlasse.

Er nickte und schwieg, um nicht durch ein falsches Wort den Nimbus des Langmütigen und Verständnisvollen aufs Spiel zu setzen, gab nur, damit sie sich nicht zu selbstsüchtig fühlte, eine Stange Zigaretten in Auftrag und ein paar weitere Flaschen Wein. Dann war sie verschwunden. Das Haus war leer.

Zu leer. Einige Zeit verbrachte er auf der Terrasse und sah einer Eidechse zu, hellgrün auf dem Graugrün der verwitternden Bohlen, sah, wie das Herz in dem schmalen Körper pochte. Dann verfolgte sein Blick die Glitzerspur einer Schnecke bis zum Rand der Terrasse und den mühsamen Transport einer toten Raupe durch eine Ameise. Und er lauschte einem unbekannten Vogel im Dünengras und den sich wiederholenden Rufen auf einer Tonhöhe, metallisch hell und straff und dünn und in fast lückenloser Aneinanderreihung und mit ausgleichender Längung endend. Wie der Klang einer Zikade. Zogen Wolken vor die Sonne, wurde es stiller. Kaum erschien die Sonne, schwang sich eine der Lerchen empor und intonierte ihr Trillerlied.

Dann brach er mit Ausrüstung zum Strand auf, versuchte Lyngvejenbilder beiseitezuschieben, nahm sich ein freigespültes Torfstück und geglättete, gebänderte Steine vor, auch den Teil eines grobmaschigen, fahlgrünen Fischernetzes und einen meterlangen und von Möwen ausgefressenen Fischkörper. Die kleine Violinspielerin stand nicht wieder auf der Düne.

Und Stunden später, als er wieder im Haus war, in dem jede seiner Bewegungen mit übermäßigem Geräusch einherzugehen schien, kam die Balkonszene mit gelbgrünrotem Sonnenschirm und dem auf Liegestühlen gestrandeten alten Ehepaar sowie dem mittelalten Sohn, der mit Fernglas nach unten sah, nur zögernd in Gang.

Stürmisch riss Hendrikje am späten Nachmittag die Tür auf. Er war erleichtert. Sie berichtete begeistert vom studentischen Flair in Aarhus, und ob er wisse, dass dort mal Dutschke untergekrochen sei. David freute sich an ihrer Freude über die entdeckten Orte wie auch an der entdeckten Unkompliziertheit des gar nicht störrischen David und dass es ihm tatsächlich nichts ausmachte, zu dieser ungewöhnlichen Zeit mit ihr Milchreis zu essen, nach dem sie plötzlich Heißhunger verspürte, und dass es ihm so wie ihr gefiel, Zucker und Zimt auf den weißen Brei zu streuen, und wie der Wind von dem herabfallenden Gemisch den leichten Zimt als dünne braune Wolke davonblies.

Mittlerweile kenne sie die Ostküste und die Intellektuellenhochburg und die Westküste ein bisschen rauf und runter, sagte sie, jetzt aber finde sie, das habe sie sich auf ihren Fahrten überlegt, jetzt sei aber wirklich er dran: Sie wisse fast nichts von ihm.

»Uninteressant!«, wehrte er ab.

Warum zum Beispiel er keine Kinder habe, wolle sie wissen. Das sei ihr ein Rätsel.

»Wahrscheinlich«, sagte er nach längerem Schweigen, das Grübeln anzuzeigen schien, dabei aber genoss er einfach ihre Anteilnahme, ihm war aber sowieso klar, dass er ihre Frage nicht direkt beantworten konnte, »wahrscheinlich hängt das doch mit meiner wenig ausgeprägten Fähigkeit zusammen, mich auf eine Beziehung wirklich einzulassen, Selbstaufgabe inklusive.«

»Selbstaufgabe? Jetzt übertreibst du aber. Das kann es nicht sein. Und Frauen magst du, das merke sogar ich. Auf fast allen deinen Bildern tauchen sie auf, und meist stehn sie auf der positiven Seite oder sie sind aufrüttelnde Opfer. Oder sie gehn mutig voran, so wie deine Revolutionärin. Obwohl in Wirklichkeit doch eher die Männer die Welt bewegen, oder? Also, was hast du gegen Männer und warum verklärst du Frauen?«

David war ganz zufrieden, wie schnell sie unbeantwortete Fragen abhakte.

»Das sind zwei Fragen«, verschaffte er sich Zeit.

»Keine Panik. Eine nach der anderen.«

»Und wie hältst du selbst es damit?«, zog er die Gegenfrage vor.

»Spieß umdrehen heißt kneifen. Aber ich lass es mal durchgehn. Um mit dem Leichteren anzufangen, mit den Männern: Ich glaube, ich mag sie. Ich mag Männer einfach echt gern. Bestimmt werde ich eine Menge davon haben.«

Sie lächelte ihn gewinnend an. Und er war einigermaßen fassungslos, als gehe ihn ihre Zukunftsplanung tatsächlich etwas an.

»Durchtriebene Frauen sind darauf aus, denk ich, die Männer zu verarschen, um sich von ihnen bequem durchs Leben tragen zu lassen. Andere, ich glaube, ich gehöre dazu, andere wollen sich nichts schenken lassen, sondern sich behaupten. Da steckt das traditionell angeblich Männliche auch in der Frau. Wir sind psychische Hermaphroditen. Und physisch gesehen, braucht man Männer doch eigentlich nicht. Fortpflanzung kann künstlich abgewickelt werden. Chemie macht Männer überflüssig. In rosiger Zukunft werden die herrschenden Frauen sich vielleicht eine Anzahl solcher überflüssigen Männer noch als Männerarmeen halten, zum gegenseitigen Totschlagen. Nee, hochzivilisierte Kulturen brauchen keine Männer mehr. Aber ich glaube, als Sex-Toys könnten sie die Schlafzimmer zieren. Sagt Fleur.«

»Ah ja, Fleur! Die Welterfahrene. Sie treibt Studien mit Männern?«

»So ungefähr. Damit erspar ich mir anstrengende Nachforschungen.«

»Und sie entwickelt haarsträubende Zukunftsmodelle.«

»Denk bloß nicht, ich lass mich ablenken. Du bist mir noch 'ne Antwort schuldig. Ich sage nur: Kinder!«

»Kinder …?« Er zuckte mal wieder mit den Schultern. »Bestimmt hätte ich nur männliche Nachkommen gezeugt, du weißt schon: unnütze Männer. Allenfalls Zierrat.«

»Haha – ich lach mich schlapp!«, tat sie beleidigt und als finde sie das wenig lustig, wie er sich herauswand.

»Ich vermute einen Grund«, sagte sie nachdenklich, »das ist wie in dem einen Benn-Gedicht, wo es heißt: *Wo alles sich durch Glück beweist und tauscht den Blick und tauscht die Ringe im Weingeruch, im Rausch der Dinge -: dienst du dem Gegenglück, dem Geist.*«

»Was ihr so alles lernt.«

»Man muss das übersetzen«, belehrte sie ihn großzügig und kratzte festklebende Reste Milchreis aus dem Teller, »danach lebst du für den Geist der bildlichen Schönheit. Stimmt's?«

»Ganz so monolithisch ist mein Leben nicht, nehm ich an. Schon allein, weil wirkliche Schönheit … Wer weiß schon, was das ist … Jedenfalls ist sie nicht zu verwechseln mit …« Er zögerte.

»… mit?«

»Na ja, mit plakativer Schönheit, also damit, was man früher »wohlgestalt« nannte und heute meinetwegen »hübsch«. Zur äußerlichen, zur sichtbaren Harmonie der Erscheinung muss noch was hinzukommen, um jemanden vollkommen und wirklich schön sein zu lassen … was Unbestimmbares … was zunächst Unergründliches. Etwas, was dein Gefühl anspricht.«

»Kryptische Worte. Vielleicht hilft dem Herrn Goll ein Kaffee bei der Erklärung?«

»Gleich. Gern. Nur noch … also … ich komme da nicht ohne den Begriff des Humanismus aus.«

»Ach herrje! Wird's philosophisch?«

»Nein, nein. Es ist so, wenn ein so gearteter, ein humanistischer Charakter hinzukommt, dann ist ein Wohlgestalteter schön und eben nicht nur hübsch aussehend. Und er ist bedeutend.«

»Dann kann also ein missgestalteter Mensch nicht bedeutend sein?«, resümierte sie spitz.

»Hab ich was durcheinandergebracht? Jemand, der nach humanistischem Ethos lebt, der ist bedeutend.«

»Und wenn eine wohlgestaltete Hülle dazukommt, dann ist er schön?«

»So und nicht anders.«

»Behauptest du!«

»Weiß ich. Hielte ich für richtig. Na ja – einfachheitshalber hab ich mein Leben erst mal der Schönheit der Vernunft gewidmet und der Abwehr geglaubter Scheingewissheiten.«

»Das hört sich tierisch verkopft an. Unvernünftig bist du also nie?«

»Viel zu oft.«

»Hab noch nichts davon bemerkt. Der im Gedicht jedenfalls lebt für die Schönheit der Wörter, denk ich. Und bestimmt sehr oft sehr unvernünftig. Ich fürchte, ich bin auch so. Vor dem Kaffee noch ein Nachtisch?«

»Ich bin pappsatt. Wie zubetoniert.«

»Banause. In dieses Haus sollte Breikultur einziehen.«

Damit schien für sie das Frageunternehmen vorerst erledigt, denn sie stand auf und räumte zusammen.

Später bat sie ihn, die Sauna anzuwerfen, bis zum Abendessen sei doch noch Zeit.

»Wär' super, wenn du mit reinkämst«, warb sie, »zu zweit macht's mehr Spaß. Und dir täte ein bisschen Entspannung nach der Denkstrapaze gut.«

Warum sich das Vergnügen verwehren?, fragte er sich. Zumal sie es ganz normal zu finden schien. Nur – für ihn war es das nicht: normal. Er sah sie deshalb noch nicht mal an, als er zusagte, den Ofen anzustellen, aber mitschwitzen? Nein. Er verspüre gerade so einen Schaffensdrang. Ein andermal …

Als dann warme Thymian- und Eukalyptusgerüche das Haus durchzogen und Hendrikje nach dem ersten Gang puterrot und in eines seiner bisher unbenutzten – und wie selbstverständlich dem Schrank entnommenen – Badelaken eingewickelt herauskam und ihren Durst stillte und dann auf die Terrasse trat und das Tuch ablegte und sich gymnastisch verdrehte und auf- und abschnellte und ihr erhitzter Körper in der Abendkühle dampfte und sie ihn anlächelte und sogar eine Kusshand zuwarf, als ob Aphrodite ihm ihren verlockendsten Apfel reichte, wusste er sich nicht anders zu helfen, als eine der Merlot-Flaschen zu entkorken und mit schnellen Schlucken die Situation zu entschärfen. Deshalb schaffte er im Nachfolgenden ganz souverän ein paar Pinselstriche am stattlichen Goldreif der im Liegestuhl bratenden Frau, als Hendrikje nach dem nächsten Gang wieder erschien, eingehüllt und dampfend, und ihm zusah, sich dabei anlehnend, an ihn, was sie noch nie getan hatte, und zwar so an seinen Rücken sich anlehnend, dass ihre Hitze direkt in ihn hineinkroch und seine rechte Körperhälfte einnahm.

»Weißt du«, sagte sie, und auch ihre Worte sanken wie Hitzewellen herab, »wenn ich das oder viele andere deiner Bilder vor mir hab, komm ich mir vor wie eine Frau aus dem Biedermeier oder aus einem Wildwestfilm, die so eine kelchige, weiße Steifhaube aufhat, wo man links und rechts nichts mitkriegt. Nur tunnelartig den Ausschnitt in der Mitte. Willst du das Außenrum nicht sehen?«

»Ich will nicht malend über vieles hinsehen, sondern etwas Markantes hervorheben.«

»Das ist Betrug, Herr Goll. Manipulation.«

»Ich selektiere, ja, ich individualisiere. Und manipuliere, meinetwegen.«

»Du gibst es also zu. Mann, das hätte Tschaki alarmiert. Wahrscheinlich hätte er dich Manipulateur an der nächsten Straßenlaterne aufgeknüpft. Sei froh, dass er das nicht gehört hat.«

»Bin verdammt erleichtert.«

»Ah, der Spötter übernimmt mal wieder. Zeigt Hendrikje-Überdruss an. O.k., ich verdünnisiere mich ja schon. Aber nur noch eines. Was mir schon immer aufgefallen ist: Deine Menschen …«

»Ja?«

»… sie lachen nicht!«

Wusste sie eigentlich um ihre lähmende und süchtig machende Anziehung? Das Aufregende war, dass das unklar blieb. Keine Offensichtlichkeit, kein vorgewiesenes Spiel. Und so ergab es sich wie von selbst, dass er aus dem von ihr Gesagten einen tieferen, wärmeren, ihn im Besonderen meinenden unverfälschten Sinn herauszuhören vermochte. Unbedingte Anteilnahme.

»Und Kinder tauchen auch fast nie auf«, fuhr sie fort, »keine Kinder und kein Lachen.«

»Kein Lachen?« Er ging in Gedanken seine Bilder durch. »Stimmt. Ist Lachen nicht sowieso selten? Mit Tschaki zum Beispiel hab ich dich auch kaum lachen sehen.«

»Wahrscheinlich nie. Tschaki hat vor lauter Selbstfindung nicht zu mir finden können. Oder wollen. Keinen Schimmer. Da gab's nichts zu lachen. Er hat Kräfte gesammelt für die Weltrettung – oder, kann sein, für seine eigene Rettung. Kriegt die aber auch nicht gebacken. Der liebe Tschaki. Schluchz.«

Das hörte sich nicht gerade trauervoll an, eigentlich nur ironisch, was sie da kundtat, während er Weiß auf dem Gold verwischte und der Eindruck feinen Glanzes sich einstellte.

»Mann, wie einfach das geht«, staunte sie, und Tschaki war kein Thema mehr. Sie deutete auf seine Arbeit, »aber warum kriegt die Hundertkilofrau so extreme Klunkern?«

»Je dickleibiger, desto monströser der Schmuck. Frage der Relation.«

»Leuchtet mir ein. Aber was das Lachen angeht: Danach war mir bei dir auch noch zu selten. Deshalb melde ich jetzt mal den Fehlbestand. Nach meiner lebenslangen Erfahrung ist es übrigens so: Kinder lachen viel öfter als Erwachsene. Mit Tschaki zusammen, aber das ging ja nur ein Vierteljahr, hab ich aber schon gedacht, dass Erwachsenwerden auch heißt: aufhören zu lachen. Und bei dir bis jetzt eigentlich genauso.«

»Hoffentlich nicht. Aber es ist dir schon herausgerutscht, das Lachen. Hast du vielleicht selber gar nicht bemerkt. Ein befreites Lachen. War schön anzuschen und anzuhören.«

»Du erzählst mir hier einen«, wehrte sie das ab und entfernte sich wenige Zentimeter. Er vermisste sie sogleich. »Du wolltest es so sehn«, sagte sie. »Bestimmt war's ein gequältes Lachen. Ich hab mal gelesen, dass Lachende besser Schmerz aushalten. Endorphinbeflügelt.«

Während sie sprach, skizzierte er mit weichem Stift – jetzt konnte er es, vorher hätte seine durchglühte Rechte keinen ruhigen Strich geschafft – neben die auf den Liegestühlen in der Sonne Dahindämmernden einen sechsjährigen Jungen, seitlich am Balkongeländer lehnend und auf die anderen blickend und von der

Brust abwärts hinter den handbreit auseinanderstehenden Metalllatten der vorderen Balkonfront halb verdeckt. Der Junge lachte schadenfroh. Das konnte ein Sechsjähriger, nahm er an.

Hendrikje wunderte sich, wie schnell das ging.

»Ich könnte die Frau noch beleidigter dreinblicken lassen«, überlegte er beschwingt. »Sie könnte dein Gesicht kriegen …«

»Wage es nicht!«

Plötzlich beugte sie sich herab und gab ihm einen schnellen Kuss auf die Wange und ging wieder in die Sauna. David legte den Stift beiseite.

Zum Abendbrot hatte sie aus der Fischabteilung des SuperBrugsen kalte Fischhappen mitgebracht und ordnete sie auf großen Tellern an. Auf Salatblättern lagen, wie die Speichen eines Rades, geviertelte geräucherte Forellen- und Räucheraalfilets, Krabben, goldene Sprotten, Sepia, Riesengarnelen und gerollte Räucherlachsstücke. Und mittendrin kleine Häufchen schwarzen Kaviars und Apfelmeerrettichcreme. Als Letztes zog sie stolz aus dem Kühlschrank eine Flasche Chardonnay aus Argentinien, den ihr der Filialleiter, der sie mittlerweile für eine Weinkennerin halte, wie sie gestand, ans Herz gelegt habe. Sie habe pro forma zwischen einem Pinot Bianco aus Venetien und dem Chardonnay geschwankt, alles böhmische Dörfer für sie, aber sie sei schließlich der Empfehlung des Filialleiters gefolgt, was der ihr hoch anrechnete. Glaube sie. Und jetzt brauche sie neue Geldvorräte.

Es blieb nichts übrig von dem Fischrad.

Als der Chardonnay genossen war, kamen sie auf den Merlot zurück. David wollte Hendrikje bremsen, sie aber behauptete, nach dem Saunieren vertrage sie die doppelte Menge. Das liege am erhöhten Wassergehalt ihres Körpers. Oder vielleicht sei auch alles ganz anders. Egal! Bald begeisterte sie sich wieder für den vorhin wie aus dem Nichts aufgetauchten Kleinen auf dem Balkon. Dann schwenkte sie unvermutet um zu Filmdiven und begann sich zu ereifern. Meryl Streep, verkündete sie, sei ihre Heldin! Wie sie die Karen Silkwood spiele, bringe einen zum Weinen. Unweigerlich! Na gut, sie zumindest, schränkte sie ein.

»Fällt die in der Story nicht auf einen Bösewicht rein?«, sann David nach.

»Nicht dass ich wüsste!«, wehrte sie ab. »Obwohl … Das ist es ja gerade: Es sind immer die Schufte, die Mädchenherzen höher schlagen lassen. Aber hier ging's doch um was anderes.«

Hendrikje dachte nach. Sie sei schön, Meryl Streep sei schön!, versteifte sie sich. »Was? Eine lange Nase! So denkst du also.« Sie sah waidwund drein. Ihr Blick war verhangen. »Aber ich sag dir was: Die Nase und die hohen Wangenknochen geben ihr was Elfenhaftes.«

David hatte das Gefühl, sie werde in Tränen ausbrechen, wenn er noch mal widerspräche, also pries er die Freiheit des individuellen Geschmacks. Das aber war ihr zu schwammig, wie ein abwehrendes Schlenkern der Hand vermuten ließ. Sie lachte auf. Nein!, beharrte sie, nein!, sie lasse sich nicht beirren: Er sei ein guter Mensch, weil er sie anschaue, ohne zu erschrecken.

Denn er wisse doch auch, dass ihr rundes Gesicht einfach nur plump sei. Plump und dümmlich.

»Doch, doch! Dümmlicher sogar. Und hilflos. Aber es weckt den Beschützerinstinkt. Männer mögen vielleicht solche Gesichter. Weil sie puppig sind. Ich wette, du fährst auch darauf ab. So sind Männer eben. Du kannst nichts dafür. Ich hätte aber lieber ein markantes Gesicht. So wie Meryl Streep. Längere Gesichter sind vornehm und sehen intelligent aus. Und was Kühles ist dabei. Kühl hat Größe. Und Stolz. Stolz! Und Selbstbewusstsein! Und … ach, ich weiß nicht … ist ja nicht so … doch, mir gefallen Frauen mit Rundungen … mit festen … aber, ich weiß nicht, ob du … ob dich … ob ich …«

Sie musste darüber lachen, dass ihr nichts mehr einfiel. Ihr Mund war im Lachen weit geöffnet, so weit das bei ihr eben ging. Die Zähne boten sich in wohlgereihter Ungefährlichkeit. Ihre Augen glänzten. Als er vorschlug, sie solle sich hinlegen, es sei schon Nacht, hatte sie eine viel bessere Idee: Sie könnten schwimmen gehen, sie und er. Und er rette sie vor den hohen Wellen, weil er ein Lieber sei, weil er sie hier aufgenommen habe, weil er freundlich sei, weil er ihr zuhöre, weil er alles mit ihr teile.

»Die schnellste Rettung ist, wenn du in deine Kammer gehst, glaub ich.«

»Oh ja … gehn wir«, stimmte sie zu und erhob sich schwankend und ließ sich gegen ihn fallen. Sie fühlte sich noch immer saunadurchglüht an. Er umfasste sie, sie sagte kein Wort und ließ sich in die Kammer bringen. Sie sah ihn an. Er stand an der Tür. Auf ihrem

Gesicht lag noch das zufriedene Lächeln von vorhin. Dann nickte sie.

»Hab schon verstanden.« Sie wiederholte das »schon verstanden« und fing an sich das Shirt über den Kopf zu ziehen. »Muss alles allein machen. Weiß ich doch. Alles. Und du bist … weiß ich genau … David … ja, geh nur … lass mich im Stich! Du Schurke!«

Er schloss die Tür und trat auf die Terrasse. Der Himmel war riesig und sternenklar. Der Mond scharf umrandet. Das Meer war zu hören. Unsicher, sah er, schwankte drinnen Hendrikje in ihrem Nacht-Shirt ins Bad, unsicher schwankte sie zurück. Sie sah auf die angelehnte Außentür und auf ihn und winkte und ging in die Kammer. Ihr Holzbett knarrte.

Er fühlte sich wohl und unwohl. Eines war klar: Diesem Ansturm war er nicht gewachsen. Morgen musste Hendrikje ihre Mutter anrufen und die Rückreise klären. Und dann? Daran wollte er nicht denken, sondern daran, dass er Helen in die Augen blicken können musste. Sie organisierte sozusagen sein schöpferisches Leben. Wie eine eiserne Lady oft. Ihren Künstlern solle es gutgehen bei ihr, beteuerte sie und sorgte unnachgiebig für termingerechte Lieferung.

Wenig später griff er sich das noch immer feuchte Tuch, das Hendrikje für die Sauna benutzt hatte und rannte zum Meer und schwamm hinaus ins matte Mondglitzern. Mit dem Wasser kam er zurecht, er für sich allein, dachte er, und dass das mit dieser jungen Frau ganz und gar nicht der Fall gewesen wäre, vorhin, hätten sie sich zusammen in die Fluten gestürzt.

David hatte sich längst an das frühmorgendliche Gurren gewöhnt. Auf seinem und auf dem Giebel des halb verdeckten Nachbarhauses saß je eine graue Taube. Er hatte sich davon überzeugt. Die Tauben schienen sich morgens hier auszutauschen. Manchmal, in einer Gesprächspause, stolzierte die seine den First entlang, und man hörte das kratzende Geräusch ihrer Zehen.

Nicht später als sonst und schwungvoll erschien Hendrikje. Sie frühstückten. Über den gestrigen Abend wurde nicht geredet. Während sie mit Hingabe in das aufgebackene Brötchen biss, studierte er ihr Gesicht. Kleine Unregelmäßigkeiten entdeckte er. Die eine Braue war dichter als die andere. Einige der Wimpern bogen sich aufwärts, andere wuchsen gerade. Zusammen bildeten sie dichte Säume. Die Nase hatte eine Idealform. Jede Augenpartie, einschließlich der Braue, und der Mund hatten in etwa das gleiche Breitenmaß und standen zueinander in einem vollkommen harmonischen Verhältnis. Die Breite des eher kleinen Mundes entsprach der Länge der Nase. Die vollen Lippen waren, wenn sie nicht gerade kaute, selten fest gefügt und starr, sondern verzogen sich manchmal, verkrampften sich kurz und fielen danach in umso entspanntere Lockerheit. Und manchmal, das war ihm schon aufgefallen, als sie mit dem phlegmatischen Tschaki auf der Couch gelegen hatte, manchmal zuckten beide Lider des rechten Auges, dann, wenn sie sich nicht wohl fühlte, vermutete er. Jetzt nicht. Beim Lächeln verdickten sich die Unterlider. Zwei millimetergroße Muttermale fanden sich zwischen dem linken Mundwinkel und dem Ohr. Alles in allem war dieses Gesicht einmalig und anrührend, fand er.

Sie habe gestern schon für heute eingekauft, eröffnete sie ihm, und ob er was dagegen habe, wenn sie sich nachher, wenn die Sonne höher stehe, auf der Südterrasse ausgiebig sonne?

»Wieso? Nee!«

»Ich meine: Sehr ausgiebig, also ohne was, barbäuchig und barbrüstig und so. Ich sag das schon mal als Warnung. Jemand hat kürzlich gemeint, ich sehe blass aus wie 'ne Leiche. Das hat mir'n Stich versetzt. Nicht dass du denkst, ich bin scharf drauf, knackebraun zu werden oder so! Nein, ich will nur mein jugendliches Erscheinungsbild wahren, verstehst du. Du solltest also gegebenenfalls diese Region Dänemarks meiden. Es sei denn, du willst dir durch eine außergewöhnlich schöne Frau den Verstand rauben lassen.«

»Wovon sprichst du? Verstand?«

»Ja … wenn ich mirs so richtig überlege …«

»Überleg lieber, wie du deine Mutter informierst, damit sie dich eventuell abholt.«

»Puh! Kalte Dusche! Mann, du hast es drauf, einem die Stimmung zu verderben. Hast du schon immer deine Frauen so brutal verscheucht?«

»Weiß ich gar nicht. Dürfte ein neuer Zug an mir sein. Umständehalber.«

»Der Umstand bin wohl ich? Na ja … egal. Aber bevor ich jetzt in der Sonne über Mutter- und Tochter-Turbulenzen nachgrüble, beantworte mir noch eine Frage: Warum hast du dich von Jasmin getrennt?«

»Wieso willst du das jetzt wissen?« Ihm war nicht danach, davon zu reden, wie die andauernde Nähe die Glorie der irrational Bewunderten hatte verblassen lassen und er daraus den Schluss gezogen hatte, einer engeren Beziehung künftig aus dem Weg gehen zu müssen – um sich seine stumme, überhöhende Bewunderung erhalten zu können. Und die Nähe war eine Art Bann gewesen, in dem er festhing und ihre Gefühle fühlte.

»Also?«, blieb sie hartnäckig.

»Sie war eifersüchtig auf meine Geliebte.«

»Oh! Und du meinst, das hätte sie nicht sein sollen?«

»Hatte ich gehofft.«

»Also ehrlich, Männer sind so was von …«

»Na?«

»War das wirklich so?«

»Ich sollte dazusagen, dass sie meine Malerei für meine Geliebte gehalten hat.«

»Du nimmst mich nie ernst, stimmt's? Und jetzt …« – Er war aufgestanden und brachte sein Geschirr weg – »… jetzt verlässt du mich sogar und hast nur wieder deine eingebildete Geliebte im Sinn!«, protestierte sie. »Dabei hat jeder anständige Maler eine wirkliche, eine blutjunge, eine warme, eine anschmiegsame, eine lustige und belebende Geliebte. Eine, die seine Augenweide ist und seine verschwiegene Vertraute.«

»Möglich. Aber auf mich wartet meine spezielle schon ungeduldig.«

»Eine richtige Geliebte wenn es wäre, mit der du dich auf Empfängen zeigen könntest, warten würde

die wie nichts und noch viel mehr. Eine tüchtige Geliebte ist ihres Mannes Krone! Sagt die Bibel.«

»Und Fleur, nehm ich an.«

Wenig später stand Hendrikje in der geöffneten Terrassentür und spiegelte sich in ihr.

»Ich werd' die Zotteln abschneiden.«

»Ist dir dein Pferdeschwanz oder was du da hast
nicht praktisch genug?«

»Du weißt doch gar nicht, wie sie aussehen, wenn
ich die Haare aufmache.«

Sie wartete keine Antwort ab, zog den Gummiring
ab, und das Haar fiel. Sie blickte in die Scheibe. Er sah
nur das auf die Schultern gefallene Haar. Als sie sich
zu ihm drehte, war sie eine andere. Ihr Gesicht war
halb verdeckt, war weicher, war betörend. Er müsste
seine Hände um dieses Gesicht legen.

»Na ja«, sagte sie und musterte ihn.

Er verließ die Staffelei.

»Ich muss mir mal die Beine vertreten, das heißt
nein, ich fahr zur Bank nach Ringköbing.«

Sie bündelte die Haare wieder. Dass er nichts zu
ihren Haaren gesagt hatte, ließ sie unkommentiert,
warf ihm aber einen nachdenklichen Blick zu.

Zwischen Söndervig und Ringköbing, das Nordufer des
Fjords hin und wieder rechts im Bild, war David – als
sei er jetzt erst völlig unbeobachtet und könne sich
Empfindungen jeder Art nur hier erlauben – sehr
niedergeschlagen. Er musste es sich eingestehen,
Hendrikje engte sein Denken und seine Gefühle auf

ungewohnt wohltuende Weise ein. Er war süchtig danach. Und bald würde er an der Grenze angelangt sein, ab der er sich aufgab. Sie schlich sich ein. Nie aber würde sie zugehörig sein. Nicht jedenfalls zu ihm, dem Abgelebten, dem bald fünfzigjährigen Spießer mit den karierten Hemden voller Farbflecken, dem Maler, der anderen beim Leben zusah, dem Alten, der für sie nur eine Witzfigur sein konnte, dem Empfindlichen, der ein Scheitern nicht ertragen wollte, dem Mann, der nach zwei Jahren, also eben erst, Jasmin mühsam überstanden hatte.

Er überquerte die Brücke über den schmalen, schilfigen Wasserlauf, der den Ringköbing-Fjord mit dem nördlichen Stadil-Fjord verband.

Wieder im Haus an seiner Staffelei sitzend, nahm er die Arbeit noch nicht auf. Er sah zu Hendrikje hinaus und sah die zusammengebundenen Haare und, über ihr Gesicht hinweg, auf diese zur Sonne hin ausgerichtete Körperlandschaft. Das war eine Ansicht, wie man sie in der Toskana von höherer Warte aus über mal bewaldete, mal freie und wie Wellen aufeinander folgende Erhebungen hatte, bemühte er sich mal wieder um eine versachlichende Analogie des Geschauten. Ihr Brustkorb hob und senkte sich gleichmäßig. Ihr Venusberg trat hervor. Ihre Haut hatte einen Farbton, der vom Cremefarbenen in leichteste Bräunlichkeit überging. Die Haare kontrastierten mäßig dazu.

Wahrscheinlich war es nur das: Er wollte sie ansehen, sie als Bild vor sich und in sich haben, ihre

Stimme hören, sie riechen, ihre Gefühle ahnen. Das wünschte er sich als Unvergängliches.

Er erhob sich und schenkte ihr ein Glas Birnensaft ein, den mochte sie, wusste er, und trat hinaus. Sie blinzelte.

»Du riskierst es also doch«, sagte sie träge und als habe sie ihn erwartet und lächelte ihn an, unsicher vielleicht und mit spöttisch verzogenem Mund. Oder kokett? Oder liebevoll? Sogar das war nicht auszuschließen. Und sie legte das gegen den Sonneneinfall gehaltene Anaïs-Nin-Tagebuch sorgsam beiseite.

Das Lächeln rief nach Küssen, fand er, es lag über dem ganzen Körper und schien in gleicher Weise auszugehen vom anderen Lippenpärchen, dem stummen, unter seidenhaariger, bernsteinheller Sonnendurchwirktheit. David dachte an das Glitzern, das sich zeitweilig über die Dünengräser hinzog.

»Ich geh' kein Risiko ein«, behauptete er von weit her und wider besseres Wissen und dachte sich seine Hand auf ihrem rechten Schenkel und wie sich die Fingerspitzen andeutungsweise in die Glätte der Haut eingraben würden und das Leben unter sich zu spüren begännen und wie sich in den entstandenen leichten Einbuchtungen, fiele das Licht am späten Nachmittag von der Seite her darauf, feinste Schatten sammelten.

»Vom Verzehr einer noch nicht mal angegarten Speise und erst recht der Köchin wird generell abgeraten«, bemühte er sich, der wie ein ferner Trabant seinen unveränderbaren Platz gefunden hatte, um so etwas Ähnliches wie Witz. Und er war froh, so fern zu sein. Wenn auch nur einen Meter, hundert versengende Zentimeter.

»Daran halte ich mich«, sagte er und fand alles überflüssig, was er sagte.

Noch nicht aber das Bild seiner Hand und die Eindrücke der Fingerspitzen. Auch wenn sie auf Zerstörbarkeit eines Unversehrten und nur unversehrt Wünschbaren hindeuteten.

Sie wusste alles, glaubte er eine Sekunde lang. Ja? Unsinn, er täuschte sich. Nichts ahnte sie. Das war das Aberwitzige und Rührende, dass sie eben nichts wusste von der Urgewalt, mit der sie ihm keine Wahl ließ. Oder?

»Männer«, sagte sie und schüttelte den Kopf, als verzweifle sie, »Männer neigen offensichtlich dazu, Gefahren auf die leichte Schulter zu nehmen.«

Sie spielte die gefährliche Beunruhigte, beides zugleich, und stieß auch noch entsetzt aus: »Oh sorry!« und legte verschämt ihren linken Arm über die Brust, »die Tütteln – ich kann nichts dafür, ist der Wind. Nicht dass du … denk bloß nicht, ich vergeh vor Leidenschaft oder so.«

Er tat ihr und sich nicht den Gefallen zu fragen, was sie mit »Tütteln« meine, weil es sich dabei nur um ihre Brustwarzen handeln konnte, die als hellbräunliche Ausrufungszeichen ins Auge gestochen hatten. Er reichte ihr den Saft. Sie freute sich und griff nach dem Glas und ließ im Stich, was sie angeblich hatte verbergen wollen, und trank und sah ihn amüsiert an. Er beneidete sie um ihren grenzenlosen Übermut.

»Obwohl du mich wider Erwarten verwöhnst«, sagte sie, »muss ich meine Augen von dir wenden, Herr Goll, denn sie verwirren dich, und meine Brüste sind wie junge Rehzwillinge, die unter den Rosen weiden und mein Schoß ist wie ein runder Becher, dem nimmer Getränk mangelt.«

Das brachte sie ungemein feierlich vor. Ohne frivolen Unterton. Feierlich und fröhlich. Und seelenruhig wartete sie die Wirkung ab. Er trat ein paar Schritte zurück, lehnte sich an den hölzernen Windschutz der Terrasse und nahm sich eine neue Zigarette, sagte aber nichts. Seltsam beruhigt fühlte er sich auf einmal.

»Falls du mich jetzt für eine abgedrehte Poetin hältst: Das hab ich auch von meiner Freundin Fleur. Und die hat es aus ihrer Lieblingsschrift und zitiert es alle Naselang.«

»Deine Freundin liest das *Hohelied Salomons*?«

»Sag bloß, du kennst das? Sind alle Männer so versessen auf erotische Literatur?«

»Wusstest du, dass Salomon der Sohn von David und der Verführerin Bathseba war?«

»Sollte ich das wissen? Auch, wer die Frau war?«

»Nein, nein«, beruhigte er sie und ging ins Haus. Kaum war er drin, rief sie ihn aufgeregt zurück.

»Hilfe … ein Malheur … David, rette mich!«

Mit wenigen Schritten war er bei ihr.

»Ich weiß nicht … plötzlich ist der …«

Ihr war das Glas entglitten. Es lag auf ihrem Bauch. Der Inhalt hatte sich über sie ergossen. Sie presste die Arme an den Leib, um aufzufangen, was herabfloss, und um das Polster zu schonen.

»Vielleicht wenn du ein Tuch … dass ich mich wieder bewegen kann … gleich hier …« Ihr Kopf wies nach oben. David riss ein Geschirrtuch von der Trockenleine.

Der Saft hatte sich glitzernd über den Oberkörper und den Bauch und sogar die Schenkel verteilt.

»Denk bloß nicht, ich hab das absichtlich gemacht! Wehe, du denkst das!«

»Wie kommst du darauf, dass ich so was denken könnte?«, tat er verwundert und beugte sich über sie. Ihr Leib funkelte. Er sollte es also denken.

»Bei Männern weiß man nie …«, schob sie den Verdacht von sich. Wortlos machte er sich daran, die Feuchtigkeit mit dem dünnen Tuch auf der einen Brustseite aufzunehmen, damit ein Arm freikam und sie den Rest selbst erledigen und er sich in Sicherheit bringen könnte.

»Du bist wie geboren für die gefühlvolle Rettung einsamer Frauen«, sagte sie, »aber eigentlich hättest du dich von unten her hocharbeiten können«, meinte sie scheinheilig. »Altes Kneipp-Prinzip. Hab ich in der Sauna gelernt. Gilt für Wassergüsse und bestimmt auch fürs Trockenrubbeln, wenn man sich mit Birnentrank übergossen hat.«

Kurz warf er einen Blick auf die glänzenden Schenkel, deren weiche Haut auf der Innenseite also nach Hendrikjes Wunsch zuerst dran gewesen wäre, und er konnte sich vorstellen, wie sie sich mit bloßen Fingern anfühlte.

Durch das Tuch hindurch war zum Glück nichts zu spüren, als er das Längstal zwischen Rumpf und rechtem Arm trocknete. Als das geschafft war, drückte er es ihr in die freie Hand.

»Jetzt du«, sagte er.

»Zu Befehl, Herr Goll!«, sagte sie und verbarg nicht ihre Enttäuschung.

Am Nachmittag, als sie vom Meer zurückkehrte, wollte sie ihm unbedingt behilflich sein. Er könne sie doch anlernen. Dürer und Michelangelo und alle hätten ganz viele Gehilfen gehabt, die dann sogar die Bilder der Meister gemalt hätten.

Sein resolutes »Ich brauch keine Gehilfen, die meine Bilder malen« stieß auf taube Ohren. Zumindest blieb sie und setzte ihm mit Fragen zu, zum Beispiel, wieso die farbverschmierte Holzpalette aussehe wie ein Wasserkopf mit Auge und Mund. Schließlich kapitulierte er, worauf sie erst mal einräumte, sie sei eine unbeholfene Gehilfinnenanwärterin, denn sie wisse noch nicht mal, weshalb er nicht ein Bild zu Ende male, sondern immer abwechsle.

»Ist es weil du Pausen brauchst für neue Einfälle?«

»Die Ölfarbe muss trocknen, eh ich wieder drübergehen kann. Dauert knapp 'ne Woche, das oberflächliche Trocknen. Bei sparsamem Auftrag geht's schneller.«

»Und was rührst du immer mal wieder in die fertigen Farbschälchen rein?«

»Verdünner. Ölhaltigen Firnis. Mach ich, wenn die Farbe länger steht.«

»Und die Gläschen mit den Farbkügelchen?«

»Sind Pigmente, die ich mit Leinöl anreibe. Gibt gute Farbe, nicht zu zäh. Wie Zahnpasta ungefähr.«

»Das könnte ich doch machen, das Anreiben.«

»Wenn du schon was tun willst, kümmere dich um die Pinsel.«

»Hört sich gut an. Borsten säubern?«

»Borsten? Gibts nicht.« Er griff nach ein paar Pinseln. »Das hier sind Rotmarderhaare. Das ist was Härteres: Rindsohrenhaar. Der hier ist Dachshaar und der da Eichhörnchenschweifhaar.«

Sie befühlte alle.

»'n halber Zoo am Stiel ist das. Weißt du was, eigentlich fehlt da Hendrikjehaar. Ich hätte mancherlei zu bieten. Deine Bilder wären von feinster Intensität. Und hätten was von mir an sich.«

»Vielleicht wenn ich ein Bild mit Raubkatzen mache …«

»Von wegen! Ich opfere mich nur, wenn es schnurrende Kleinkatzen sind.«

Als er nicht weiter darauf einging, atmete sie tief durch und kam wieder aufs Reinigen zurück.

»Und jeder Pinsel wird anders gereinigt?«

»Im Kühlschrank ist Walnussöl, schütte was in die Dose, drück die Pinsel darin aus. Wenn sie die Farbe los sind, machst du ein warmes Seifenbad mit ihnen. Danach hängst du sie am Griff zum Trocknen auf. Und fertig.«

»Schaff ich locker. Wenn ich dir nur eine Stütze bin.«

Das klang geradezu demütig. Sollte er Verdacht schöpfen? Plante sie etwas? Sie nahm ein paar der abgelegten Pinsel. Zwar hatte er sie gerade in Benutzung, doch er konnte ja neue nehmen. Sie stellte sich geschickt an, wie er nebenbei beobachtete. Bald hingen die gereinigten Pinsel draußen aufgereiht an der Wäscheleine. Dann machte sie sich mit seinen trocknenden Bildern zu schaffen. Kritisch musterte sie Susanna zwischen den beiden Männern.

»Die Männer find ich gut«, gab sie ihr Urteil ab, »sie haben verlebte Gesichter. Die Frau aber ist zu schön … idealisiert … unnatürlich. Gar nicht deine Art.«

»Und wenn ich da eine sozusagen makellose Frau als Vorlage gehabt hätte?«

»Mag ja sein. Nee …«

»Wieso *Nee*?« Er verkniff sich, von ihrer eigenen Schönheit zu sprechen, indirekt wenigstens, worauf er Lust gehabt hätte, weil es eine Art erlaubter Annäherung gewesen wäre.

»Ich würde lieber nur bedeutend sein wollen als einfach nur schön?«

»Das hatten wir doch schon. Nach der klassischen Vorstellung, soweit ich mich erinnere, kommt das aufs Gleiche raus. Siehe Lessing, Schiller und so.«

»Ach, lass mal stecken. Du musst mir nichts vormachen: Du siehst das sowieso differenzierter als diese Eingemotteten.«

»Worüber reden wir eigentlich: Die Figur ist noch lang nicht fertig. Wird noch individualisiert.«

»Dachte ich mir. Mal theoretisch: Was ist dir wichtiger – schön oder bedeutend?«

»Die Frage stellt sich beim Malen nicht. Da akzentuiere ich und bilde ab.«

Sie blieb hartnäckig.

»Dann eben ohne das Maltechnische: Was ist dem Menschen David Goll wichtiger?«

»Schönheit ist eine kulturelle Übereinkunft. Sie ist eine körperliche Mitgift, Bedeutung muss man erlangen – je nachdem, ob man was aus sich macht. War's das?«

»Und wie geht das: Bedeutung erlangen?«

»Keine Ahnung. Auf der ganz sicheren Seite dürftest du sein, wenn du Platons Kardinaltugenden zu deinen Lebensmaximen machst.«

»Ich versteh nur Bahnhof.«

»Mehr willst du darüber doch sowieso nicht wissen.«

»Why not? Ich will!«

Er versuchte sich zu entsinnen und kam schließlich sogar auf die vier herausgehobenen Eigenschaften des Philosophen. Als er sie aufzählte, fühlte er sich wie ein Hochstapler, zu ihr von Tugenden zu sprechen, selbst aber weit davon entfernt zu sein. Nachdenklich ging sie.

Bis sie auf einmal wieder vor ihm stand. Es tue ihr leid, sagte sie, sie habe fürs Abendbrot was einzukaufen vergessen, ein Sonderangebot. Er erstaunt: Das lasse sich doch noch besorgen, oder? Sie nahm ihm die Pinsel ab und legte sie beiseite.

»Ich hab eine Superidee: Wir fahren zusammen«, schlug sie vor.

Der Volvo rollte nach Ringköbing. Bei Brugsen angelangt, fanden sie nur einen unbequem engen Stellplatz.

Beim mehrmaligen Schalten geriet er an ihr Bein und entschuldigte sich.

»Psalm 90, Vers 17«, kommentierte sie.

»Was?« Er lenkte den Wagen rückwärts in die Parkbucht.

»*Du bist auf dem rechten Weg*, steht da geschrieben«, sagte sie. Sie mied seinen Blick.

»Das hast du dir ausgedacht.«

»Ertappt. Eigentlich steht da: *Das Werk unserer Hände wolle er fördern*, so ungefähr jedenfalls, aber du warst ja nur mit einer Hand zugange.«

Er schüttelte den Kopf. Sie war sehr eigen. Und schon nagte an ihm die bittere Vorstellung, wie vielen sie mit ihrer Art schon den Kopf verdreht haben mochte und es noch tun würde.

Im Markt war es ihr eine Genugtuung, ihn mit dem Weinsachverständigen persönlich bekanntzumachen, mit dem sie sich in erkennbarem Einvernehmen befand.

Am Abend gab es Hummersuppe und die Fischreste vom Vortag. Und tatsächlich eine weitere Flasche Chardonnay. Sie hatte hausgehalten. Und sie tischte neue Fragen auf, denen er sich zu stellen hatte, was aber müheloser gelang, je mehr der Weißwein zu Ende ging und der Merlot nach dem Essen in die Bresche gesprungen war.

»Warum hast du keinen Hund?«, setzte sie ihre Daviderkundung fort. »An deiner Seite fehlt ein Hund.«

»Da fehlt nichts. Ein Tier macht mir Alleinlebenden zu viel Arbeit.«

»Das heißt, wenn du nicht mehr allein lebst, dann würdest du …«

»Ja, vielleicht dann …«

»Gut. Und warum hast du mit meiner Mutter nie was gehabt? Zumindest behauptet sie das.«

»Glaubst du ihr etwa nicht?«

»Ich weiß nicht. Du hast sie doch gemalt. Früher. Und die Maler und ihre Modelle … Ich hab da Nachforschungen angestellt.«

»Und?«

»Du weißt schon.«

»Du bist für deine Generation ganz schön wissbegierig«, zeigte er sich verwundert und dachte daran, dass Helen beharrlich am Verschweigen festgehalten hatte, um sich vor Nachfragen zu schützen. Denn unweigerlich kämen die. Immerhin waren sie im Jahr vor Hendrikjes Geburt zusammen. Und sie und Jürgen waren es gleichzeitig auch. Sie war unentschieden. Beide Männer, behauptete sie, seien ihr unentbehrlich. Als sich herausstellte, und es gab da nur einen Zweitage-Spielraum, dass Jürgen der Vater Hendrikjes war, sah sie das als schicksalhaft an und entschied sich für den Kindesvater.

»Wie Maler so sind, muss ich unbedingt wissen«, sagte Hendrikje jetzt. »Wenn die eigne Mutter mit solchen Menschen zu tun hat … Maler sind ja … sollen ja … haben ja so was Unergründliches. Das könnte … Ich wär' womöglich schwach geworden. Bestimmt wär' ich das.«

»Du leidest an der sagenhaften Schwächeneigung der Frauen?«

»Immer wenn es ernst wird, ziehst du es ins Lächerliche!«, sagte sie gekränkt. »Ich meine doch nicht die Schwäche, mit der manche Weibchen hausieren gehen. Die tun, was sie wollen und schieben den Männern immer die Verantwortung dafür zu, wenn was schiefgeht.«

»Du bist also keine von denen. Hast du solche tiefschürfenden Wahrheiten auch von Fleur?«

»Haben tu ich von ihr wenig«, rückte sie zurecht und ließ sich beim Reden wieder mehr Zeit. »Fleur nämlich … Im Winter sind wir miteinander rumgezogen, zu mehreren. Da war Tschaki noch ihr Lover. Dann hat ein anderer sie erobert, und Tschaki hat einen Song für mich komponiert, und ich bin ihm auf den Leim gegangen. Eigentlich hat er mich für ein Abziehbild von Fleur genommen und wollte wohl deshalb mit mir zusammensein. Ich dumme Kuh hab mitgemacht. Aber die letzte Zeit war er nur noch sauer auf mich.«

»Aha.«

»Hatte persönliche Gründe.«

»Ach so, gut.«

»Nein, nichts war gut.«

»Du musst nicht darüber reden.«

»Ich will aber. Es war so, dass ich dachte, ich sei schwanger. Hatte mal die Pille vergessen. Wusste nicht mehr, ob oder nicht. Da hab ich dann auf Klärung gewartet. Tschaki auch. Allmählich ist er durchgedreht. Mal wollte er mit mir und seinem Kind in Indien leben, mal sollte ich's wegmachen, dann kam er mit Dorfleben in Äthiopien. Er war völlig durch den Wind.«

»Hat man nicht bemerkt.«

»Kunststück bei dem Beruhigungskack, den er sich reingezogen hat. Und dann kriegte ich meine Tage, hab es aber nicht gleich gesagt. Weiß gar nicht, warum. Oder … Ach nein, es hatte Gründe, über die ich nicht reden will. Jedenfalls … Und als ich es schließlich gesagt habe, seit zwei Tagen sei ich definitiv nicht schwanger, ist er ausgerastet und wollte weg. Auch von mir.«

Als David nach draußen ging und rauchte, war es kalt, und das Anbranden der Wassermassen war im Westen deutlich zu hören. Wolken schoben sich schnell über den Himmel. Der Leuchtturm ließ seinen Scheinwerfer rotieren. Hendrikje kam nach. Als sie fror, holte er eine Decke und legte sie ihr um. Sie lehnte sich an seine Seite.

Er hatte tiefer geschlafen als die Nächte zuvor. Erst das Gurren der Taube weckte ihn.

Wie jeden Morgen füllte er den Wasserkocher und gab zwei große Löffel gemahlenen Kaffee in die Filtertüte, leise, auch wie jeden Morgen, seit sein Besuch da war, denn dessen Kammer war gleich daneben. Und er bemerkte jetzt erst, dass deren Tür aufgesprungen war. Mit sachtem Klacken stieß sie an die Fassung und glitt wieder auf. Einen Zentimeter höchstens. Das wiederholte sich unablässig. Die Tür zu schließen, wäre mit mehr Geräusch verbunden, die Griffe waren nur quietschend zu betätigen, das wusste er. Auch, dass Hendrikje die Angewohnheit hatte, bei offnem Fenster zu schlafen. Daher der Durchzug und daher die Unruhe der Tür.

Kurz befürchtete er, Hendrikje sei abgehauen. Deshalb schob er die Tür ein paar Zentimeter weiter auf. Da lag sie. Die Decke hochgezogen, eingemummelt. Nur Haare, ein bisschen Stirn, die geschlossenen Augen und die Nase waren sichtbar. Er sah sich das lange an und dachte daran, wie sie wetten wollte, auch er würde auf kindlich kleine und schutzbedürftige Frauengesichter abfahren. Sie hätte die Wette gewonnen.

Das Föngeräusch im Bad endete. Sie kam und hatte gute Laune.

»Wieder so ein schöner Tag«, rief sie ins Haus zurück, als sie auf der Terrasse stand und sich dehnte. Als aber David beim Frühstück in der Sonne davon anfing, sie habe ja noch was vor, was sie schon gestern hätte erledigen können, gab sie sich arglos.

»Was denn, David?«

»Du möchtest doch, dass Helen dich abholt?«

»Ich möchte? Also …« Die gute Laune war schlagartig verflogen.

»Was *also*?«

»Ich werde genötigt, es zu veranlassen.«

»Du willst es also nicht?«

»David, warum sollte ich das wollen?«

»Du kannst nicht hierbleiben.«

»Hab ich kapiert. Du legst Wert darauf, dass ich flinke Füße mache und dir aus dem Weg bin. Ich bin eine Last. Du verabscheust mich.«

»Falsch. Ganz falsch. Aber meine Arbeit … Ich muss allein sein. Und in der Regel ist das, strenggenommen, richtig für mich. Ja. Jetzt aber, ehrlich gesagt, bin ich mir nicht im Klaren darüber.«

»*Nicht im Klaren*? Kann ich das persönlich nehmen?«

»Wie du willst.«

»Mir geht's so, dass ich mich zu zweit erst richtig spüre«, bekannte sie.

»Geht mir nicht so.«

»Du Charmebolzen. Du spürst zu zweit gar nichts?«

»Von wegen: Ich spür die zweite Person zu sehr.«

»Ist doch gut.«

»Vielleicht.«

»Eine Hand allein kann nicht klatschen.«

»Gibt doch nicht immer was zu beklatschen.«

»Zum Beispiel dich. Ach, Mann. Ich könnte dir Loblieder singen.«

»Hm.«

»Immer dein *Hm*, dein wortkarges! Ich kann auch so was Davonschleichendes. Das werd ich dir noch servieren. Wenn du mich nicht gleich vor die Tür setzt.«

Und weil er jetzt nur mit den Achseln zuckte, sagte sie »Genau!« und teilte mit, sie gehe zum Meer, griff sich das Badelaken von der Leine und warf so kurz angebunden wie möglich hin:

»Wenn dem einsamkeitssüchtigen Herrn Goll danach sein sollte, seine bösen Anti-Hendrikje-Gedanken aus dem Hirn zu vertreiben, dann könnten dafür ein paar Schwimmzüge Wunder tun. Man kennt ja den Weg. Und ich kann mich gegebenenfalls in die Dünen verdrücken, um nicht das Gesichtsfeld des Herrn zu verschandeln.«

Ihre Stimme war immer unaufgeregter, immer ruhiger und tiefer geworden.

Sie ging. Er sah ihr nach. Dann gewann ihr lachender Junge auf dem Balkon an Farbe.

Als sie zurückgekommen war, hantierte sie geräuschvoll im Bad und in der Küche und in ihrer Kammer. Eine Weile war es danach still. Schließlich stand sie wieder neben ihm, leicht an ihn angelehnt, diesmal mit dem Po.

»Was hältst du davon«, fragte sie, »wenn jemand sagt: *Ich habe eine unglückselige Schwäche. In der Kälte, im Unpersönlichen kann ich mich nicht entfalten*?«

»Wer sagt das?«

»Ist doch egal. Anaïs Nin.«

»Und wer bist du jetzt? Anaïs Nin?«

»Aber, David, im Ernst, es geht doch um eine andauernde Eigenschaft. Ich hungere auch nach persönlicher Wärme.«

»Wer nicht!«

Sie spielte mit dem Malstock und kratzte an dem farbverschmierten Lederknauf und drehte an der Schraubverbindung.

»Aber wie machst du das, tagelang so allein? Fehlt dir da nichts? Jemand, der zeigt, dass du ihm wichtig bist?«

»Kann sein.«

»Du weichst aus. Machst du gern, wenn ich ins Schwarze treffe.«

»Also gut. Doch. Aber nicht irgendjemand.«

Sie hatte das obere Staufach des Staffeleitisches aufgezogen und betrachtete die Farbmischscheibe.

»Ist es wer Bestimmtes, der fehlt?«, fragte sie.

»Immer ist es wer Bestimmtes, an dem wir hängen.«

»Du auch?«

»Kann sein.«

Sie legte die Scheibe zurück. David war dabei, die Falten in den Jeans des lachenden Kleinen, soweit sie durch die Geländerstäbe sichtbar waren, schattengleich abzudunkeln.

»Wahrscheinlich bin ich es. Ich bin dir von einer Sekunde zur anderen ans Herz gewachsen, und du traust dich nicht, es dir einzugestehen«, sagte sie mit einem zurückgehaltenen Beben in der Stimme, als sei ihr ein besonderer Scherz gelungen. So hörte es sich für ihn an. Sie lachte. Allerdings war es ein unsicheres Lachen. Das hörte sogar er heraus. Er hatte Mühe, die begonnenen Pinselstriche fortzusetzen.

»Ich für meinen Teil«, fuhr sie fort, als habe sie eben über das Wetter gesprochen, ich finde meine Erfüllung darin, als Heimchen zu wirken und das Handwerkszeug des geheimnisumwitterten Meisters Goll in

Schuss zu halten. Zum Beispiel diesen breiten Pinsel mit Goldhaar. Wofür ist der?«

»Der? Zum Grundieren. Aber meist nehm ich vorgrundierte Leinwand.«

»Ich könnte dir neue Leinwand auf Leisten tackern. Die Zutaten dazu liegen im Volvo, hab ich gesehn.«

»Nett von dir, aber es stehen genug Keilrahmen herum. Mehr brauch ich demnächst nicht.«

»Ach, Mann …«

Sie ging vors Haus. Er atmete nicht etwa auf. Danach war ihm nicht. Es trieb sie um, dass sie weg sollte, weg musste! Aber wenn das jetzt noch so weiterging, bis Helen eintraf, dieses unterdrückt-wehmütige Umsichschlagen …

Die Post war vorbeigekommen. Hendrikje knallte einen Packen Briefe auf den Tisch und verkündete grimmig, sie werde eine bunte Gemüsepfanne auf den Tisch bringe, auch wenn so mancher diese Köstlichkeit nicht verdiene. Sie sei Gold wert, meinte David und hoffte damit die unvermutet mal wieder hochschlagenden Wogen zu glätten. Doch hatte sie das vielleicht gar nicht mitbekommen.

»Noch zehn Minuten höchstens!«, hörte er, als er nach einer Weile mit der Post nach draußen ging. Die Galerieberichte waren schnell überflogen. Es stand nicht schlecht. Seine Bilder waren erstaunlich nachgefragt. Dann war da ein merkwürdiger Brief, adressiert an den Herrn Anonymus, Lyngvejen etc. Der Brief hatte obenauf gelegen, erinnerte er sich. Absender zwei

Buchstaben: D.H. Der Groschen fiel: Denise Holle. Die Enttäuschte hatte also geschrieben. War es das, was Hendrikje aufgebracht hatte? David war durch Jasmin in schlechtem Gewissen geschult. Hendrikje eifersüchtig? Dieses beliebigen Briefes wegen? Aber war er denn beliebig? Er hatte eine Weile darauf gewartet, stimmt. Doch das konnte Hendrikje nicht wissen. Und überhaupt: Sie eifersüchtig? Seinetwegen?

Er öffnete das Kuvert. Darin ein Blatt mit ein paar Zeilen, einem Dank für die weitestmögliche Diskretion. Und sie freue sich, dass er sich in dem Haus wohlzufühlen scheine – falls er noch da weile. Nicht ausgeschlossen ja, dass ihr Brief sich wieder verspäte – diesmal aber ungleich folgenloser. Und Grüße von Denise Holle. Das war es. Er war erleichtert. Das konnte Hendrikje alles wissen, wenn sie wollte. Er verließ die Terrasse und legte die Briefe auf den Couchtisch, den D.H.-Brief auseinandergefaltet obenauf.

Hendrikje hatte die Pfanne auf den Tisch gestellt und mit einem Blick die arrangierte Szenerie erfasst.

»Wenn du denkst, ich les den Brief an den Herrn Anonymus, dann hast du dich geschnitten«, sagte sie verächtlich. »Du kannst deine fiesen Geheimnisse für dich behalten. Wer weiß, wie vielen Verehrerinnen du noch dein Versteck hier verraten hast.«

Spielte sie das oder war sie wirklich die leibhaftige Empörung? Als setze jemand – mit seiner Hilfe – seinen Fuß in angestammtes Hendrikje-Dominium. Ihr verletzter Ausdruck zeigte, dass er die Hintergründe schnellstens aufdecken musste.

»Setz dich, ich erklär dir das.«

»Judas!«

»Essen wir, und ich rede.«

Sie saß, füllte aber nicht wie sonst beide Teller auf, sondern wartete, als verhungere sie lieber. Da schien doch eine gewaltige Anlage in ihr zu stecken, es zu genießen, den Übeltäter zu Kreuze kriechen zu sehen. Er tat sich selber auf – und ihr. Sie ließ ihn gewähren. Und er erzählte die Geschichte seiner Ankunft und des Briefes und des Tagebuches und dessen Rücksendung. Währenddessen hatte sie zu essen begonnen, war auch aufgestanden und hatte Mineralwasser besorgt. Mit zwei Gläsern. Und hatte erst ihm, dann sich eingeschenkt.

»Eine komische Geschichte ist das schon«, befand sie, »mir passiert so was nie«, und wollte genauer wissen, was er alles gelesen habe.

Ihr Interesse wirkte versöhnlich. Doch hatte er das Gefühl, dass ihr noch etwas zusetzte. Sie sprach nicht darüber. Er wollte sie mit einem Kompliment zurückgewinnen. Und er wollte auch nichts mehr von seiner sonstigen Bedachtheit wissen. Sie koche so gut, gestand er, dass leicht die Gefahr bestehe, man wünsche sich das nicht nur als kurzes Gastspiel.

Höflich ging sie darauf ein. Nur höflich. Und er, als sei nichts gesagt worden, war ihr geradezu dankbar, dass sie ihn mit einem schlichten »Schön!« in die Schranken gewiesen und einfach weitergegessen hatte.

Danach verkündete sie, sie wolle nach Hvide Sande wandern, am Strand runter. Zurück komme sie schon irgendwie.

»Ich hol dich ab. Zweieinhalb Stunden brauchst du bestimmt, ich hol dich da ab, wo wir neulich den Anglern zugesehen haben.«

»Nein, will ich nicht. Mach dir kein' Kopf, ich geh meiner Wege, muss ich sowieso bald tun. Da wirst du mich ja auch nicht abholen oder bringen oder überhaupt.«

Ihr Gesicht war eine Mischung aus Versteinerung und Entsagung. Er war nicht mehr gewohnt, dass jemand seine Gefühle so offen zeigte, wenn auch bewusst übertrieben, wie er annahm. Außer bei der Meisterschülerin, deren Gesicht war auf Verachtung geeicht. Jasmins Gesicht war wechselzügig, aber immer eindeutig und enträtselbar gewesen.

Hendrikje hatte natürlich recht. Wenn sie allein klarkommen wollte, dann musste er sie das tun lassen.

Keine halbe Stunde nach ihrem Abmarsch sah er auf die Uhr und war, trotz ihrer Ablehnung und seiner Einsicht, fest entschlossen, nach Hvide Sande zu fahren. Er war beunruhigt. Schon vorher war er das, seit ihrer Ankündigung. Der Entschluss, gleich für sie bereit zu stehen, glich das ein wenig aus. Vielleicht würde sie sich doch freuen.

Zwei Stunden nach ihrem Aufbruch fuhr er. Bog in Hvide Sande, nördlich des Hafens, von der Hauptstraße ab und hielt unübersehbar am Straßenrand. An gleicher Stelle wie neulich. Er wollte den Anglern in der Durchfahrt zum Fjord zusehen, sagte er sich und würde er Hendrikje sagen, und einige ruhige Anglerstudien machen.

Sein Telezoomobjektiv wanderte. Die Angler standen aufgereiht, warfen aus mit großer Geste, kurbelten heran, zogen silberne Fischleiber an ihren Leinen im halben Dutzend heraus und zeigten sich ihren Fang.

Da fand er sie. Mehr oder weniger zufällig hatte das Objektiv einen Schwenk über den Kanal vollzogen, zum Parkplatz auf der Südseite. Da war sie. Sie musste flott gelaufen sein. Alle Achtung! Er sah sie mit zwei Männern sprechen, die sich neben schweren Motorrädern aufbauten. Glatzköpfe. Rocker. Wie Hells Angels. Bullige Männer. Mit bloßen, tätowierten, fetten Armen. Mit dünnen Zierbärten am massigen Kinn. Mit Siegelringen an den Fingern. Mit hohen schwarzen Stiefeln. Die Motorräder mit überlangem Lenkgeweih. Alte Harley Davidson. Chrom glänzte. Vertraut wirkte das Gespräch der drei. Als ob man sich lange kenne. Man lachte. Hendrikje beugte sich hinab, sah er. Da war ein schwarzstruppiger Hund. Reichte bis zum Knie. Der eine Rocker hatte einen Bierbauch. Er legte den Arm um Hendrikje. Sie entwand sich. Er lachte. Sie lachte. Sie beugte sich wieder und kraulte den Hund.

Dann machten sich die Männer aufbruchbereit, stülpten Helme über. Der Dünnere reichte Hendrikje einen dritten Helm. Ihre Haare verschwanden. Sie saß bei dem Dicken auf und nahm den Hund hoch und drückte ihn mit dem linken Arm an sich, mit dem rechten klammerte sie sich an der Jacke vor ihr fest. Komischerweise fiel David jetzt ein, dass sie Linkshänderin war, mit der Linken hatte sie Wein eingeschenkt, mit ihrer linken Seite hatte sie sich an ihn gelehnt, mit der Linken hatte sie das Haargummi über die Haare gezogen. Das schoss ihm durch den Kopf und dass sie jetzt den schwächeren rechten Arm zu ihrer Sicherheit benutzte.

Die Griffe verschwanden in den Pranken des Fahrers. Der sichtbare Arm war mit Dämonenfratzen und Totenköpfen mit bleckendem Gebiss bedeckt. Langsam verließen sie den Parkplatz, schlugen die Richtung nach Norden ein. David verlor sie aus den Augen. Das Röhren der Motoren verklang.

Er hatte viele Aufnahmen von den dreien gemacht. Jetzt fotografierte er noch, wie sich die Angler unterhielten und packte spät und zögerlich seine Ausrüstung zusammen. Sie sollte in Ruhe zu Hause ankommen. Mit Rockern, die in seinen Sesseln lümmelten und von Zeit zu Zeit Hendrikje umarmten, hätte er nichts zu reden gewusst.

Wenn man der sorgende Typ wäre, dachte er, dann käme man bei dieser jungen Frau gar nicht mehr zur Besinnung. Auf der Rückfahrt fiel ihm ein: Hatte sie nicht so eine altkluge Weisheit zum Besten gegeben, die von den Schuften handelte, denen die Frauenherzen zuflogen? Da schlug also ihr Herz höher, auf einer Harley, einen ledernen Bierbauch umklammernd. Na schön, was ging es ihn an!

Er sagte nicht, als er zurück war, wo er war, wurde auch nicht gefragt, und fragte selber auch nur allgemein. Sie war gutgelaunt und erzählte von der wunderschönen Strandwanderung. Da habe sie ihr Leben Revue passieren lassen und gemerkt, wie glücklich sie sei. Jetzt und hier! Von den Rockern sagte sie nichts.

Er hakte nicht nach. Dass sie zurechtkam, hatte er gesehen. Und wie sie ihren Arm um den Lederleib des Harleyglatzkopfes legte. Er hatte die Bilder. Er hätte nicht gedacht, dass sie so wäre. Aber warum sollte sie nicht mit tätowierten Hells Angels-Rockern, die ihren gewaltigen Motor zwischen den Beinen aufheulen ließen, zusammensein wollen!

Mit trüben Gedanken saß er auf der Terrasse und rauchte und hörte den Bayern »Des macht nix! Wennst kimmst, siehgst es! Is dertetscht.« gegen die Geräusche von Wind und Meer schreien und wollte jetzt nicht, wo Hendrikje wieder im Haus war, zum Strand, sondern wollte bleiben. Ihre Anwesenheit wurde unersetzlich.

Plötzlich kam sie herausgestürmt: Sie wolle einen Kuchen backen, eröffnete sie stolz. Die Typen, mit denen sie zurückgekommen sei, hätten ihretwegen sogar einen Umweg gemacht, so dass sie in Söndervig habe Quark und Schlagsahne kaufen können. Sie wolle sich an einen russischen Zupfkuchen wagen. Kaffeetrinken verschiebe sich also. Schlimm?

Er setzte sich an die Staffelei. Zum Malen kam er nur ab und zu. Sie wirbelte, verfolgte er, sie las nach, mischte, rührte, schüttete, wog und schmeckte ab. Hendrikje in T-Shirt, kurzem Rock und schwarzen Leggings war überall und nirgends und immer in Bewegung und sah aus, dass er im Nachhinein diesen eigenartigen Tschaki heftig beneidete, er gestand sich das ein, beneidete, sie berührt zu haben, ihr vielleicht sogar mal ins Ohr geflüstert zu haben, wie begehrenswert sie sei. Und dabei hatten sie sich nicht mal richtig gemocht, die zwei. Noch nicht mal ihr Husten hatte seine Abreise überlebt. Er war verschwunden.

Schließlich kam ihr Werk in den Herd.

»Anderthalb Stunden!«, rief sie und fragte, ob sie wieder was Malermäßiges helfen könne, fragte das mit erhitztem Gesicht und teigklebrigen Händen. Wenn nicht, würde sie sich ein bisschen in ihrem Zimmer langmachen … Die Wanderung und so viel frische Luft und überhaupt … nur bis der Kuchen fertig sei. Und wenn sie das Klingeln überhöre … 90 Minuten … ob er … nur den Regler auf Null stellen …

Sie verschwand. Er merkte, wie er zur Ruhe kam und klarer sah und sogar roch, dass da auf dem Herd, bei kleinster Hitze, der größte Kochtopf stand, Gemüseeintopf, wie er sich vergewisserte, vor sich hin köchelnd. Und merkte auch, wie die Lust wuchs, weiterzumalen und den lachenden Jungen mit den schönstschattierten Hosenfalten auszustatten.

Nach einer Stunde stürzte sie aus der Kammer und zog den großen Topf von der Platte und prüfte das Ergebnis und gab zufriedene Laute von sich.

»Glück gehabt!«, verkündete sie. Und dann: »Weißt du, was ich gelesen hab?«

»Anaïs Nin?«

»Ja. Hör zu: *Er begriff intuitiv, dass ich zwischen zwei Welten, einer sterbenden und einer noch unbekannten schwanke.* Das sagt Anaïs. *Zwischen zwei Welten.* So komm ich mir auch vor. Schule und Zuhause, das verliert sich schon. Hätte ich nicht gedacht. Und jetzt kommt das vertraute Zuhause gegen das Unbekannte. Wie hier ist das, das ist auch das Unbekannte, vertraut aber auch schon. Und da kommt noch wer weiß was. Ist mir aber auch unheimlich.«

»Und du schwankst?«

»Nu ja ja – nu nee nee.«

»Was heißt das jetzt?«

»Weiß ich nicht genau. Ist mein *Hm*. Hat der alte Ansorge in Gerhard Hauptmanns *Die Weber* immer gesagt. Gefällt dir doch bestimmt. Also: Nee, ich schwanke nicht. Nicht mehr.«

»Ich hab mich auch entschieden.« Er stand auf. »Und zwar für das Unbekannte, was da im Herd herangereift ist.«

»Das schöne Unbekannte. Und du Kannibale willst es vertilgen.«

»Zusammen mit dir.«

»Ein bisschen Geduld, Herr Goll!«

Er machte sich daran, Kaffee für sie beide zu filtern und war noch immer entzückt darüber, dass eines dieser Neue Deutsche Welle-Geschöpfe plötzlich ein bisschen Gerhard Hauptmann aus dem Ärmel schüttelte.

»Verdampfte Tat! Hab den richtigen Zeitpunkt verpasst.«

Sie riss die Herdklappe auf. Verheißungsvoll der Kuchenduft. Mit einer Stricknadel stach sie in ihr Werk.

»Oh! Ich sag's dir lieber gleich, da ist was schiefgelaufen. Oben in der Mitte ist er fertig, unten nicht, aber außen wieder. Als ob es in dem Herd keine Unterhitze gebe. Wird nichts mit Vertilgen.«

»Essen wir eben nur das Obere und Äußere.«

Es war ein barockes Gebilde, das da in der Form steckte, von schokoladigen Zopfarabesken geziert.

Hendrikje machte einen weiteren Stricknadeltest. An der herausgezogenen Spitze hing Klebriges.

»Vielleicht hatte der Quark zu viel Fett. Es schwabbelt richtig.« Sie hielt die Form in Topflappenhänden und machte die Wackelprobe.

»Ach, egal. Ich mach die Form auf«, ermutigte sie sich.

»Harte Schale, weicher Kern. Hält man das nicht für eine russische Redensart? Gilt bestimmt auch für den Kuchen«, versuchte er zu trösten. »Löffeln wir ihn.«

»Aber diese Schande!«, murmelte sie kleinlaut und sah ihn an und war von nicht fasslichem Reiz.

Sie hatte es geschafft, das Backwerk freizulegen. Es stand auf dem Tisch.

»Gabeln oder löffeln … sieht jedenfalls irgendwie … gut aus«, bemerkte er.

Und sie rieb sich tatsächlich ein wenig stolz die Hände, und die Hände wischten danach die Hüften auf und ab, als gebe es etwas abzuwischen.

»Doch, sieht gut aus, dein Kuchen«, wiederholte er und sah auf ihre schlanken Finger.

Nach der vergleichsweise einfachen Abendmahlzeit saßen sie draußen. Es war mild. Der Wind war abgeflaut, die Danebrogs hingen schlaff herab. Die untergehende Sonne war verschleiert und erzeugte nur ein mattes Glimmen in den Weingläsern. Seit Hendrikje den Haushalt organisierte, schien der Merlot-Vorrat unerschöpflich.

Sie waren beide in Gedanken versunken. Mattgoldener Widerschein lag auf Hendrikjes Gesicht. Sie räusperte sich.

»Mama sagt, dass ein gewisser David Goll ab Herbst für ein halbes Jahr in Kanada sein wird. An der Uni von Toronto?«

»Stimmt.«

»Und warum?«

»Auf Einladung der Faculty of Arts and Science. Die Kunst führt an der Riesenuni dort ein Schattendasein. Das will man ändern.«

»Kann es sein«, fragte sie und erhob sich und ging zum Rand der Terrasse und drehte sich ihm zu, »kann es sein, dass der gewisse Herr Goll in der Fremde zwischendurch mal ein Wort in seiner Muttersprache wechseln möchte?«

»Worauf willst du hinaus?«

Doch das war ein unangebrachter Einwurf. Sie war offensichtlich noch nicht fertig mit ihrem vorbereiteten Frageaufbau. Angespannt ging sie auf und ab.

»Kann es sein, dass der Besagte dort einigermaßen geräumig untergebracht ist?«

»Wieso? Doch! Obwohl … erst nach vielem Hin und Her hat man mir eine Wohnung in einem betagten viktorianischen Haus organisiert. Nach meinem Geschmack. Eine Menge Zimmer. Da kann ich hin und her wandern. Komfortabel möbliert. Silverhill Drive. Mehr weiß ich nicht. Aber so genau wird dich das nicht interessieren …«

»Na ja … es ist doch so«, sie kam wieder heran, »dass ich im Jahr nach dem Abi mit meiner Freundin

101

eine Weltreise machen will. Also ab diesem Sommer. Papa und Mama bezahlen die Flüge. Wenn wir wo länger Halt einlegen, suchen wir uns Jobs. Und Kanada wär' uns schon so 'nen Halt wert. Sag mal …«, sie räusperte sich erneut, »… findet wohl im Silverhill Drive eine mit ihrer Freundin durch die Welt Irrende Unterschlupf?«

»Du meinst, du und deine lebenserfahrene Fleur? Tja …«

Sie zog sich einen Stuhl heran, so dass sie ihm direkt gegenübersaß.

»Vielleicht hast du ein falsches Bild von ihr. Fleur ist wie ich«, sagte sie mit hendrikjemäßigem Lächeln, »nämlich ausgesprochen liebenswürdig.«

»Aha.«

»Wenn du sie fragen würdest und wenn du ihr Vertrauen hättest, also wenn sie sich bei dir wohlfühlen würde, und das würde sie bestimmt, dann würde sie sagen, dass sie in Wirklichkeit ganz scheu sei und nicht gern unter Menschen, weil es sie anstrenge, dabei ihr Gesicht zu wahren. Denn immer denkt sie, die anderen hätten ihr was voraus, ihr, deren Eltern aus Kasachstan stammen, ihr, die sich von Kind an immer irgendwie dazwischen fühlt, die aber dazugehören will zur lustigen und lockeren Welt, die sich aber auch wie ein Eindringling vorkommt und deshalb daran zweifelt, dass man sie mögen kann, die aber so gern gemocht wird und sich deshalb stylt, dass sie wie eine von allen aussieht, aber doch fürchtet, dass sie nicht genügt, dass allein schon ihr Busen nicht der Kracher sei, wie es ihr mal einer ihrer Lover

102

vorgehalten hat, nachdem sie vorher Tag und Nacht mit ihm das Bett geteilt hat. Das hat sie mal wieder in ihrem Fatalismus bestätigt, so dass sie völlig down war und sich zugeknallt hat mit Wodka und ich Mühe hatte, die Liebe wieder aus ihrem tiefen, tiefen Loch zu holen und ich mir gedacht habe, dass sie mit muss, wenn ich meinen Ausbruch inszeniere, weil der räumliche Abstand nicht nur mir einen klaren Kopf verschafft …«

Sie war immer schneller geworden.

»Du könntest mal Luft holen zwischendurch«, fiel er ihr ins Wort.

»… sondern auch ihr. Ja. «

Sie hielt inne und blickte ihn weiter an, als wolle sie sich von der anhaltenden Wirkung des Vorgebrachten überzeugen.

»Wenn ich dir das jetzt alles so haarklein erzähle, dann nur, damit du sie auch magst, wenn wir kommen. Fast genauso wie mich«, hängte sie noch an und sah ihn gewinnend an, so dass auch nicht der leiseste Zweifel an der behaupteten, aber doch nicht ganz gleichen Gleichheit aufkommen sollte.

Inzwischen war es dämmrig und kühl geworden. Wieder hatte David eine Decke um sie gelegt. Im Gegensatz zu gestern hatte Hendrikje sich beim Merlot zurückgehalten, hatte ihm zwar nachgeschenkt, ihr Glas aber leer gelassen. »Ich muss die Zeit noch bewusster erleben«, hatte sie erklärt.

Von welcher Zeit sprach sie? Auf jeden Fall hatte er schon lange niemanden über einen befreundeten Menschen so liebevoll sprechen hören.

»Gut, kommt ruhig. Platz hab ich. Und ihr könntet meinen Haushalt regeln. Damit hättet ihr einen Job.«

»Was zahlst du?«, fragte sie schnell und lachte. Die Melodie ihres Lachens hatte sich ausgeweitet in Höhe und Tiefe. Sie fühlte sich offenbar wirklich wohl.

»Übertariflich.«

»Was auch immer das bedeutet, es hört sich menschenfreundlich an. Traut man so einem Einsiedler wie dir gar nicht zu. Und dein Haushalt … Du siehst doch, ich hab alles im Griff.« Sie lachte wieder.

»Wann kommt ihr? Ich bin ab Anfang September dort.«

»Ich würde gern den Indian Summer erleben. Wenn sich die Farbengewalt der Natur der Farbengewalt der Palette meines Lieblingsmalers anpasst und Zuckerahorn und Essigbaum erglühen. Und milder Südwind weht«, schwelgte sie.

Sie lächelte charmant. Er sah weg.

»Du bist die Großherzigkeit in Person, David.«

»Übertreib nicht! … Mir kommt da ein schrecklicher Gedanke.«

»Dass schon jemand anderer in Toronto bei dir wohnt?«

»Nichts dergleichen. Es ist … also … meine liebe Hendrikje …«

»Ach herrje, mir schwant Schreckliches: So fangen Papas Strafpredigten an. Und dann spricht er in Fransen und schmirgelt seine Worte, als ob ich's nicht normal verstehen würde.«

»Dann eben ohne Anrede. Mir drängt sich der Gedanke auf, dass du mir nur deshalb all die häuslichen

Wohltaten erwiesen und sogar den alten Variant ausgeführt haben könntest, weil mich das …« – »Und nicht zu vergessen«, steuerte sie mit heiterer Eindringlichkeit bei, »die Tückische hat einen echten Thomas-Mann-Spruch vorgetragen, ganz im Höhere-Tochter-Stil, was ihren Leib- und Magenmaler aus den Puschen kippen sollte!« – »… von deiner Perfektion überzeugen sollte, damit du bei mir in Kanada sozusagen als bewährte Hausdame unterkommen kannst.«

Sie sank zusammen und schlug die Hände vors Gesicht.

»Mein Untergang ist besiegelt«, stöhnte sie pathetisch.

Dann richtete sie sich wieder auf, wie zum letzten Gefecht.

»Aber, Hohes Gericht«, brachte sie vor, »hört mich an! Dreierlei trage ich zu meiner Verteidigung vor. Erstens hab ich den Verdächtiger wider Erwarten gern und hab schon als Mädchen für ihn geschwärmt und hab ihm in mein jungfräuliches Traumleben Zugang gewährt und finde ihn als Maler cool, weil er einer mit Glutkern ist. Und cool finde ich ihn als Mann, vor allem, wenn er seinen Tangoblick hat – aber das behalte ich jetzt für mich. Jedenfalls verwöhne ich hausdamenhaft einen, der dessen würdig ist, und ich verbringe hier mit dem Ankläger eine außergewöhnliche Zeit, und ich wundere mich, wie sehr mich das alles zufrieden macht, zum Beispiel gestern Abend die Fischplatte. Hohes Gericht, ihr hättet das Gesicht des Klageführenden sehen sollen! Erst skeptisch und dann erkennbar mit der Welt versöhnt. Ihr werdet lachen: Das hat mich auch glücklich gemacht.

Und jetzt zweitens. Zweitens fügt es sich gut, dass ich mit meiner Vertrauenstätigkeit beweisen kann, dass ich kein Volltrottel bin oder gemeingefährlich.«

Sie machte eine Pause.

»Und drittens?«, fragte er, längst versöhnt.

»Drittens würde die kanadische Inobhutnahme ja nur etwa einen oder höchstens zwei Monate dauern. Monate, in denen ich sowohl unterhaltsamer Gast als auch unentbehrliche Helferin, im Zweifel sogar Malassistentin wäre. Und ich bin außerdem sicher, hätte ich den ehrenwerten Ankläger ohne meine zurückliegenden Unterfangen, ihn zu verwöhnen, gefragt, hätte er auch Ja gesagt. Stimmt's?«

»Unter Umständen.«

»Deine *Umstände* immer! Wer den Hauptgewinn angeboten kriegt, sollte zugreifen. Ich hab's getan. Jeden Tag hier. Und wenn meine vorausschauende Aushilfe und meine verrückte Zuneigung für den verschrobenen Maler David-guck-in-die-Luft nicht negativ zu Buche schlagen, bin ich weiterhin die Gewinnerin.«

»Warum nur drängt sich da bei mir in die Schalmeienklänge ein Misston, der mich vor diesem lieblichen Wesen vor mir warnt?«

»Ich hör nichts Misstönendes, Meister David. Ich hab nichts zu verbergen! Für dich bin ich ein Buch ohne Siegel.«

»Und deine Freundin, welche Rolle spielt die?«

»Keine Bange! Wenn es sich nicht kitschig anhörte, würde ich sagen, Fleur ist herzallerliebst und wie meine

Schwester. Man kann sich auf ihre Zuneigung verlassen. Hundertpro! Und sie mag wie du das Schöne, doch sie gibt, auch wie du, dem Misslungenen eine Chance. Und, na ja, sie hat ein unerklärliches Faible für reife Männer. Aber davon kriegst du nichts mit, dafür sorge ich schon. Denn von solchen speziellen Erdbewohnern sollten junge Frauen die Finger lassen«, sagte sie und wiegte den Kopf und lächelte ihm zu, als bitte sie um Bestätigung ihrer Erkenntnis, »auf jeden Fall muss Fleur das in deinem Fall.«

Als sie in ihrer Kammer war, grübelte David doch noch darüber nach, ob ihre angebliche Flucht nur eingefädelt und Tschaki als täppisch-stolzer Entführer vorgeschoben worden war, um hier ein dramatisches Entree zu haben. War sie viel berechnender, als er es für möglich hielt? Diente er nur dazu, eine Station ihrer Weltreise abzusichern? Andererseits: Wäre das nicht bewundernswert, wenn sie weitsichtig zu planen verstünde und dabei ausgesprochen liebenswürdig vorginge?

Schließlich verschwammen ihm Misstrauen und Zutrauen und wurden unwichtig, wenn er sich Hendrikje vor Augen hielt. Als er an ihrer Kammer vorbeikam, war der aufklaffende Türspalt nicht zu übersehen. Auch nicht der Schuh, der ein Zugleiten verhindern sollte. David trank sein Glas leer und nahm sich vor, das, was er sah, die schmale Öffnung, als nicht vorhanden zu übersehen.

Regen prasselte. Prasselte heftig. Prasselte aufs Dach. Prasselte an die Wand. Regen und Sturm erschütterten die hölzerne Hauswand gleich hinter seinem Kopf. Dunkles weithin hallendes Donnern mischte sich darunter. Es musste gegen zwei oder drei sein. David lauschte. Der Regen war ein an- und abschwellendes vieltausendfaches Trommeln. Es war total finster. Bis das Zimmer von einem zuckenden, nicht enden wollenden Blitzen erhellt wurde. Sofort setzte Donner ein. David war alarmiert. Er stand auf. War nicht eine der Mietbedingungen gewesen, die elektrischen Geräte bei Gewitter vom Netz zu trennen? Er zog Hose und Pullover über und machte Licht in Wohnzimmer und Küche und suchte nach den Anschlüssen. Wieder ein Blitz und direkt danach der Donnerschlag. Er riss die Stecker von Fernseher, Stehlampen, Küchenherd, Radio und Mikrowelle heraus. Erdrückend das Regengeprassel. Er sah hinaus. Dicht schossen zentimeterdicke Wassertropfen herab und zerplatzten auf den Bohlen der Terrasse und klatschten auf die Plastikstühle. Sturmböen rüttelten an allem, was ihnen widerstand, fegten wie Furien in die herabflutenden Wassermassen und zerrissen und verwirbelten sie.

»'s was passiert?«, fragte es besorgt und vom Regensturm fast verschluckt. Hendrikje blinzelte ins Licht.

»Gewitter!«, sagte er. »Die Stecker mussten raus.«

Sie knipste die Deckenlampen aus, dafür die Außenbeleuchtung an. Ein Blitz, der wie ein flammendes Blutgerinnsel die Dunkelheit aufriss, füllte den Raum mit fahlem Licht. Mit gewaltigem Knall der Donner.

»Ist direkt über uns«, sagte sie, »könnte auch hier einschlagen.«

»Kaum.«

Sie sahen hinaus. Der Strahl des Leuchtturms vermochte sich nicht durch den Wasservorhang zu kämpfen. Hendrikje schlang den Arm um seinen Rücken und lehnte den Kopf an seine Schulter. Sie schauderte.

»Ich hol dir was zum Wärmen.«

»Ich friere nicht.«

»Aber …«

»Mir geht's gut.«

Er legte, um sie wenigstens ein bisschen zu wärmen, seinen Arm um sie. Nach einer Weile zog sie seine Hand herab, als verlören bei diesem Unwetter alle Bedenken ihre Gültigkeit. Langsam dirigierte sie die eingefangene Hand zu ihrer Hüfte, die weich durch den dünnen Stoff des T-Shirts spürbar war.

»Möchtest du mit mir rausgehen? In den Sturm, in die Regenflut? Wir umarmen uns und wir rühren uns nicht von der Stelle …«

Ängstlich und schutzsuchend hörte sich das nicht an. Ihr Gesicht lag weiter an seiner Schulter. Nein, er bleibe lieber im Trocknen, statt sich dem Unwetter auszusetzen. Er hätte auch sagen können: ihrem Ungestüm. Dabei konnte er sich gut ausmalen, dass das ein herrliches Gefühl sein musste – in einer Umarmung mit ihr da draußen, mit ihr und der entfesselten Natur.

»War nur so 'ne Idee«, murmelte sie.

Ihm tat es natürlich leid, ihr – und sich – den stürmischen Augenblick nicht zu ermöglichen. Vielleicht bedauerte er es mehr, als sie es tat. Ihre Hand streifte an seiner Seite auf und ab.

Der Regen schwächte sich ab.

»Kannst dich wieder hinlegen. Ist vorbei«, sagte er. Es sollte ruhig und umsichtig wirken. Doch war er zutiefst ratlos. Er litt und war überglücklich im Wechsel und hoffte in einem aufsässigen Winkel seines Bewusstseins auf ihren Widerspruch.

»Wirklich? Ist doch schön so«, wandte sie ein. Er war überzeugt, sie war eins mit sich, als sie das sagte. Ihm aber, der Unhaltbarkeit des Moments gewiss, dem andere folgen würden, die ihn völlig aussparten, ihm blieb doch nichts übrig, als sie und sich selbst um die Leichtigkeit des Augenblicks zu betrügen. In welchem sie schwindelerregend gut roch und damit den Geruch des Regens vergessen machte. Es war die Andeutung eines betäubenden Duftes, vielleicht von Anis, von Mandarine und anderem. Er wollte es gar nicht wissen. Nur einatmen.

»Strenger Herr Goll«, klagte sie. Dann, mit einer unvorhersehbaren Bewegung, küsste sie ihn auf die Wange. »Die andere hab ich schon«, sagte sie mit leichtfertigster Gegenwärtigkeit in der Stimme, was sich anhörte, als habe sie sich damit bereits zwei Teile David mit ihren Küssen angeeignet.

Gedankenverloren, anders konnte es nicht sein, lehnte sie ihr Gesicht wieder an seine Schulter, und ihre Hand kam auf seiner Brust zu liegen, ihr Unterarm streifte seinen Bauch, den formlosen, dachte er, und dass er nicht dem des schlanken Tschaki entspreche. Erschrocken straffte er sich und zog ihn ein.

Sie lag erst da, ihre Hand, wurde aber unruhig und wanderte tiefer. War sie gefesselt vom unbekannten Naturschauspiel? Merkte sie nicht, was sie tat? Dass sie zur Bauchmitte wanderte, die Hand. Noch immer hielt er ihn eingezogen, seinen Völlereibauch. Der Regen war eine silberne Schraffur, schräg oder sich aufbäumend. Ihre Hand kreiste sanft, zog weite Kreise. Stockte aber, als sie sich in eine Zone verirrt hatte, die seine Erregung verriet. Ihr Gesicht war heiß, spürte er durch den Pullover. Ihr Duft schien sich zu verstärken. Er atmete tief ein. Plötzlich klaffte ein dunkles Loch in der Regenwand. Der Sturm schien Luft zu holen. Die Hand setzte ihre vorherige Bewegung fort. David fühlte sich wunderbar verloren.

Das ging nicht. Vorsichtig ergriff er ihre Finger. Sie waren warm. Er schob sie von sich. Ihr Arm fiel herab.

»Strenger Herr Goll«, wiederholte sie. Wenigstens bildete er sich das ein. Sie löste sich langsam und ging.

Ihre Tür stand weit geöffnet. Er knipste das Licht aus und blieb am Fenster nach Süden. Nur manchmal noch, sehr fern, riss es den Himmel blitzzuckend auf. Der Lichtstrahl des Leuchtturms huschte wieder unvermindert vorüber. Er sah Helens prüfenden Blick vor sich, hier im Haus, und wie er ihm standhalten sollte, wenn er auf dieses verführerische Frauenwesen, das ihre Tochter war und seine hätte sein können, einzugehen begänne.

Danach, im Bett, in der Dunkelheit, vermisste er das Regengeprassel, das himmelweite Donnern und die sich anschmiegende Hendrikje und ihren Duft. Das hohle Orgeln des Windes, der mit dem Haus spielte, war geblieben.

Kein Taubengurren, kein Scharren der Zehen. Der Morgen war anders.

Er hatte den Frühstückstisch drinnen gedeckt. Es war wolkig. Leichter Wind kam vom Land. Schwüle zog auf. Der Autoverkehr von der Straße war zu hören. Nicht unähnlich dem An- und Abschwellen der Brandung klang das. David überbrückte die Wartezeit an der Staffelei. Bis sie kam, mit einem *Hallo!,* und eine Hand fuhr ihm durchs Haar, ein Arm legte sich um ihn, und ihre Lippen streiften seine Wange.

»Guten Morgen, Ihro Erbarmungslosigkeit!«, holte sie ihren nächtlichen Abschied zurück.

Als sie sich gegenübersaßen, schienen ihre Blicke weicher und anders aufmerksam als sonst. Ihm war, als wolle sie ihn in sich hineinschauen lassen.

»Nachher ruf ich die Erzeugerin an. Jetzt ist es nicht mehr so schlimm. Ich spür den Indian Summer schon kommen. Und Fleur, das hab ich vergessen zu sagen, bleibt nur ein paar Tage in Toronto. Sie will einen Freund in Chicago besuchen, da stör ich lieber nicht. Schlimm, dass du mich dann allein am Hals hast?«

Am Hals?, hätte er fast nachgehakt und damit verraten, wie wörtlich er das aufzunehmen bereit war.

»Wenn dir das mal nicht zu langweilig wird«, sagte er aber.

»Ach du, mir wird schon was einfallen.«

Davon war er überzeugt.

»Danke übrigens«, sagte sie in die Stille hinein.

»Wofür?«

»Fürs fehlende *Hm.* Das kommt sonst immer als Anzeichen dafür, dass du was zu grübeln hast. Aber eigentlich vermiss ich's schon, jetzt schon, dein gedankenschweres *Hm*. Oder ist es gedankenlos, und ich interpretier mir was hinein? Egal! Weißt du, was ich mir überlegt habe: Wir mieten in Kanada ein Auto und gondeln an den Großen Seen entlang nach Westen«, begeisterte sie sich. »Unser Auto hat ein Glasdach. Ich fahr langsam. Du legst dich im Beifahrersitz zurück und lässt über dir die Wellen des hell- und dunkelroten und herbstgelben und mattgrünen Blättermeeres dahintreiben. Du versinkst in Eindrücken. Und du summst mit, wenn deine *Winterreise*-Kassette läuft, die dich überallhin begleitet. Und ich steuere um eine Bärenfamilie herum, die über die Straße trottet. Wir schweben dahin. Wir fühlen uns frei …«

Er hatte ihre Bilder vor Augen. Und er hörte ihrem »frei« nach, als sie innehielt, als ob sie noch dort bleiben wollte, im Blättermeer. »Frei.« Sie hatte das faszinierend gesprochen, mit einem langgezogenen und schimmernden »e« und einem zufrieden abschließenden »i«. Als ob sie schon das Wort nicht genug auskosten könne.

»Das alles ist voll unerhörter Farbe«, sagte sie, »und voll Sehnsucht und Zugehörigkeit und ist zurückhaltend und doch das Schönste, was du je erlebt hast. Selbst ich erscheine dir dann in einem verhalteneren, in einem lieblicheren Licht.«

»Ja?« Er war in ihrem Bann. Das war nicht zu ertragen.

»Ob das so …«, suchte er nach einem Wort, um wieder auf den Boden der Tatsachen zurückzufinden.

»… wünschenswert ist?«, half sie aus.

»Hm.«

»Verlass dich auf mich!«

Er schwieg.

»Schon gut«, sagte sie gefasst, »ich weiß Bescheid. Der Herr Künstler denkt, er habe sowieso nie Zeit für weltliche oder irgendwie brenzlige Vergnügungen. Denn er in seiner kosmischen Bedeutungslosigkeit habe gar kein Recht, glücklich zu sein. Herr Goll, da ist das letzte Wort noch nicht gesprochen.«

Sie erhob sich und teilte mit, sie fahre jetzt telefonieren, erst erledige sie den Pflichtrapport bei Helen, dann genieße sie die Kür mit Fleur. Sie sei randvoll mit Neuigkeiten. Und er solle nicht auf sie warten, es könne länger dauern. Denn eigentlich wäre es schön, Fanö zu sehn. Ob ihm das recht sei? Je länger sie fahre, desto besser, denn sie habe unendlich viel nachzudenken.

»Essen ist vorgekocht«, instruierte sie ihn, »du musst es nur aufwärmen. Am Abend bin ich zurück.«

Was sollte er dagegen haben. Hauptsache, sie kam wieder. Er brachte sie zum Auto und wollte die Tür schließen, aber sie stieg noch einmal aus und musterte ihn.

»Is ja man doof für dich: Ich mag so viel an dir. Heut besonders das karierte Hemd«, meinte sie mit vorgetäuschter Ernsthaftigkeit. Und dann küsste sie ihn ganz luftig leicht auf den Mund, kaum dass ihre Lippen die seinen berührten, und stieg ein und zog die Tür selbst zu, denn er stand bewegungslos. Bis sie verschwunden war. Erst die schmutzige Lache des bayrischen Nachbarn störte ihn auf.

Tatsächlich tauchte sie erst in der Dämmerung wieder auf, und David hatte bis dahin zwei lange Strandgänge am fast verstummten, raunenden Meer entlang hinter sich und ein verhunztes Jungen-Lachen in Öl, das er wieder abkratzte, und einen delikaten bayrischen Wutanfall – »Hast no net gnua? Dees is a Schmarrn … Na, geht di nix o!« – und den bedrückenden Anblick eines toten Hasen, der unweit des Weges zum Meer im Heidekraut lag und von dem bei seiner Annäherung schwerfällig eine Möwe aufgeflogen war.

Als Hendrikje eintraf, war sie trübseliger Stimmung. Helen sei sauer und sie komme gleich morgen, teilte sie als Erstes mit. Vielleicht hätte sie doch besser nach Hause trampen sollen, jetzt habe die Drachin sie in den Krallen, und womöglich kriege auch er was ab von der Mutterwut, weil er nicht gleich um Hilfe telefoniert habe.

»Hat sie sich nicht gefreut, deine Stimme zu hören?«

»Hab ich nicht bemerkt. Nein, sauer war sie, weil wir abgehauen sind. Gab Aufstand im Internat, logisch. Na ja, und weil ich deine Adresse in der Galerie ausspioniert habe.«

»Ach, ich dachte …«

»Was?«

»Schon gut.«

»Nein. Was hast du gedacht?«

»Dass Helen sie dir …«

»Bist du irre? Nie! Ach, egal. Sie muss mich verstehn …«

In Gedanken spielte sie wohl ihre Begegnung mit Helen durch. Sie blieb stumm.

»Und Fanö?«, fragte er. Sie tat ihm leid.

»Fanö … ach ja …« Ihre Miene hellte sich auf. »Das wunderbarste und liebste und klapprigste aller Autos blieb in Esbjerg. Bin mit der Fähre rüber und hab ein Rad gemietet. Alles vom Haushaltsgeld. Kriegst du tausendfach wieder, wenn ich mal vermögend bin. Bin also rumgegurkt, immer die Nase im Wind. War auf dem Pälebjerg. Da war so ein Schild, sonst hätte ich's nicht gemerkt. Dann war ich am Strand. Da wehte kein Lüftchen. Und die hier« – Sie legte zwei Bernsteine auf den Tisch –, »die hab ich gefunden. Einer ist für dich, einer für mich.«

Sie schob ihm einen fingernagelgroßen Stein zu.

»Und in Esbjerg, am Nachmittag, hab ich lang gesucht, bis man in einem Videoladen alte US-Filme hatte und auch den Henry-King-Film »David and Bathsheba« von 1951. Mit Gregory Peck und Susan Hayward. Die waren total nett in dem Shop, und ich durfte ihn mir umsonst ansehn. Zwei Stunden lang! Einen pseudo-historischen Monumentalklops! Mit der dreißigjährigen Hayward, die die 17-jährige Bathseba darstellt. Überleg dir DAS mal!«, mokierte sie sich. »Das hätte eine spielen müssen, der man ansieht, dass sie gar nicht weiß, was sie anrichtet, wenn sie sich zeigt. Na ja, wenigstens weiß ich in etwa, worum es geht. Noch mal wirfst du mir aber nicht irgendwelche Namen hin und sagst, ich brauch nichts zu wissen darüber!«

»Moment mal!«

»Ach, lass, David, ich bin hundemüde. Ich weiß, es war alles anders. Aber du bist hoffentlich trotzdem traurig, wenn ich gleich ins Bett gehe!«

»Mal sehn.«

»Der David im Film war aber aufgewühlter! Was hat der für Schmeicheleien draufgehabt!«, ließ sie ihn wissen. »Vielleicht wärst du anders, wenn wir hier einen Dachgarten und eine Alabasterwanne hätten und ich von Sklaven gebadet und gesalbt würde und meine Schönheit und Lieblichkeit weithin erstrahlten.«

»Das würde ich gern malen.«

»Kann es sein, dass eine meterdicke Farbschicht die Gefühle des Herrn Goll verdeckt? Abspachteln, sag ich nur! Ich verkriech mich so lang in meine kümmerliche Kammer.«

Weg war sie. Er war beruhigt und doch nervös und wenig motiviert, mit der Balkonszene fortzufahren, nahm aber seinen Staffeleiplatz ein. Als sie aus dem Bad kam, wieder in ihrem Nachtzeug, das wie eine zweite Haut war, legte sie von hinten beide Arme um ihn und hüllte ihn in ihren Duft.

»Ich hab da auch über die Hayward gelesen, dass sie in einem ihrer ersten Filme mit Ronald Reagan gespielt hat, und der Film hieß *Girls in Probation*. Also nee, weißt du, sich für so'nen Macho bewähren? Wer denkt sich so was aus! Überhaupt *bewähren* … Eigentlich möchte ich mich nur bewehren, wenn ich das höre. Aber nicht gegen alle. Gegen Grobiane, ja. Wie anfangs gegen dich. So wie du dich aufgeführt hast. Fast hätte ich ihn dir abgenommen, den Widerling. Aber dann hab ich auf deine Stimme gehört und hab gesehn, wie verschieden du den Pinsel ansetzt, je nach Stimmung. Weißt du, David, du kannst mir nichts mehr vormachen.«

Und wieder küsste sie ihn auf die Wange.

»Der Kuss ist zur Besänftigung deiner Dämonen, die dich entmutigen.«

Sie verschwand. Die Tür blieb offen. Nach einer Weile war zu hören:

»David?«

»Ja.«

»Du könntest mal nach mir sehn. Nachher. Könntest über meinen Schlaf wachen …«

»Ja.«

Wieder fehlte er, der gurrende Morgenaustausch der Tauben, und die Singvögel hockten noch in den Büschen und im niedrigen Kiefernwäldchen und waren nur zu schläfrigem Kurzgesang aufgelegt, als das Wasser kochte und David den Kaffee aufgoss und alle Verrichtungen noch leiser als sonst vollzog, denn noch immer stand Hendrikjes Kammertür weit offen, und sie lag auf dem Bauch, und nur ihre Nasenspitze sah aus den Deckenfalten hervor.

»Haaallooo!«, rief es auf einmal von dort, wie von sehr weit weg, »das duftet so gut. Wie soll man da schlafen?«

»Ich mach die Tür zu.«

»Wehe!«, empörte sie sich mit schwacher Stimme.

»Trink erst mal. Das wird dich friedlich stimmen.«

Er hörte, wie sie sich streckte und das mit langen Seufzern begleitete. Dann blieb es ruhig. Bis sie sich wieder meldete, immer noch schläfrig:

»Wie fühlst du dich?«

»Wie immer um diese Zeit: sehr wach.«

»Heißt das auch, dass du zu einer guten Tat aufgelegt bist?«

»Kommt drauf an.«

»Mein Nacken ist steif.«

»Tut mir leid.«

»Ach … *tut mir leid* … Du könntest mich ins Leben zurückrufen. Mit deinen schöpferischen Händen. Mit ein, zwei Heilgriffen.«

»Ich? Bin völlig … bin ungeübt in so was.«

»Komm erst mal.«

Er nahm noch einen Schluck. Sie ruhte auf dem Bauch und zerrte am Shirt, ohne ihre Lage verändern zu wollen, um es über den Kopf zu ziehen. Es hing am Kinn fest. Zögernd half er ihr, es zu lockern.

»Puhhh!«, stöhnte sie und rückte an die Wand und bot ihm, der am Rand des schmalen Bettes Platz nahm, Nacken und Schultern und sanft gebogenen Rücken.

»Du hast mich entkleidet, kühner Knecht«, sprach sie dumpf ins Kissen.

»Was?«

»Hast du vergessen: Ich bin Thomas Mann-Expertin. Vier Zitate hab ich mir fürs Leben angeeignet. Das vierte aber unter Vorbehalt, weil es einer kapriziösen Verklemmten zu eigen ist. Das wagt sich nicht über meine Lippen, denn ich bin ganz anders. Aber wem sag ich das. Du weißt, ich bin geradeheraus. Auch wenn ich Federn lasse. Ist besser, als scheintot vor mich hinzumümmeln.«

Er sollte die Augen schließen und nur dieser morgenweichen Stimme, die sich in den Daunen verlor,

119

lauschen. Auch dem feinen Strömen ihres Ausatmens. Aber da war diese Haut. Und die Linien von Armen und Schultern, deren Ausgewogenheit.

»Verrücktes Huhn!«, sagte er. Er wünschte sich, dass sie weiterredete.

»Oh, ist das der zarteste Kosename, den du zu vergeben hast?«

»Hab ich dich damit wiederhergestellt?«

»Keine falschen Hoffnungen, Herr Goll! Jetzt wird's ernst. Man massiere bitte neben der Wirbelsäule nach oben! Mit den Fingerspitzen! Und am Nacken die Muskeln! Sensibel oder zupackend! Wie es sich ergibt! Ich bin nicht so schnell kaputtzukriegen.«

Geschmeidig glatt, wie bei einer blankpolierten Marmorfigur von Schinkel sah aus, was vor ihm lag. Er berührte die warme und angenehme Haut und begann mit seinen Fingern ein Kreisen und Streichen, wie er selbst es schon vielfach erfahren hatte. Und achtete zwar darauf, dass seine Bemühung in irgendeiner Weise therapeutisch war und den jeweiligen Körperteil auflockern könnte, genoss aber vor allem das Kennenlernen jedes Millimeters Hendrikje. Unendlich genoss er. Und ließ die Finger, den Nacken aufwärts und in die dichten Haare hinein, auch den Hinterkopf gewinnen.

Sie war entspannt. Manchmal gab sie einen wohligen Laut von sich, als seine Fingerkuppen langsam die Haut des Kopfes hoch- und wieder runterstrichen.

»Puuuuuuuuh!«, stieß sie die Luft genussvoll aus. »Das prickelt. Das ist … das geht … bis in die Zehenspitzen spür ich das.«

Er wiederholte es, und wieder und wieder, weil sie bettelte: »Nicht aufhören!«

Fast erschrocken fragte sie: »Was ist?«, als seine Hände doch anhielten.

»Ich koch dir dein Lieblingsgericht, wenn du noch nicht aufhörst!«

»Ich hab keins.«

»Ich koch was Geniales, das ist dann ab jetzt dein Traumessen.«

»Du willst mich abhängig machen?«

»Ja, gern.«

»Ohne mich!«, log er.

»Dann bin ich also verloren?«, ächzte sie bühnenreif ins Kissen hinein.

»Noch nicht. Es gibt einen Aufschub«, spielte er mit und ließ seine Hände noch ein wenig über sie hinwandern.

»Irgendwann heute Nacht«, sagte sie leise, »bin ich aufgewacht und hab gefroren, weil meine kuschelige Decke neben statt auf mir lag. Hatte ich weggeschoben. Wollte vielleicht aufstehn … wo hingehn …«

»Schlafwandeln?«

»Wer weiß. Und dann war's vom offnen Fenster her kalt. Konnte mich aber nicht rühren. War ausgekühlt. Und deshalb bin ich pflegebedürftig. Aber jetzt ist es schon viel besser. Deine Hände im Nacken bringen mich wieder in Einklang, meinen Geist, meine ich, und meinen pflegebedürftigen Leib.«

»Einklang ist ein vollendeter Zustand …«, überlegte er und reduzierte seinen Einsatz.

»Wie kann man so grausame Schlussfolgerungen ziehen! Aber … ich überlass es dir. Ich spür schon winzige Anzeichen von schlechtem Gewissen, dass ich dich ausbeute.«

Sie sah das offenbar ganz sachlich, dass sie sich so nah waren. Er jedoch fühlte eine ungeheuer sinnliche Spannung zwischen ihnen. Er musste sein Tun beenden. So ließ er es zu einem immer leichteren Streicheln werden.

»Wie mit Pfauenfedern fühlt sich das an. Könnt ich ewig haben.«

Er deckte sie zu.

»Danke, David, danke! Und alles bisher Unbeachtete freut sich schon riesig auf erweiterte Großzügigkeiten meines Lieblingsmasseurs. Von wegen *ungeübt*! Wie viel Frauen hast du auf die Weise schon an dich gefesselt, du Schuft?«

»Was denkst du denn von mir!«

Sie seufzte. »Und ich dachte, ich sei eine der völlig Unabhängigen. Was für'n Irrtum! In dieser Stunde der Wahrheit gestehe ich: Ich will durchs Leben gestreichelt werden. Und dann will ich aufspringen und Großes vollbringen.«

»Hört sich realistisch an.«

»Geschockt?«

»Im Gegenteil.«

»Was auch immer das jetzt bedeutet«, murmelte sie und drehte sich zu ihm um, und er stand schnell auf und verließ die Kammer.

Beim Frühstück eröffnete sie ihm, er müsse das Häuschen für zwei Stunden verlassen, sie wolle großreinemachen.

Die sorgenvolle Mami solle denken, hier habe ihr Tochterkind sich aufgerieben mit Kochen, Waschen und Putzen. Und nie habe ihr von diesem Tagewerk erschöpfter Nestflüchtling es anders gehalten als früh abends ins Bett zu sinken. Hinter verriegelter Kammertür.

»Hm«, hatte er gemacht, weil ihm der Gedanke gefiel, dass Hendrikje damit unter der Hand einer ganz anderen Möglichkeit Raum gab.

»Nu ja ja – nu nee nee«, hatte sie ihm prompt zurückgegeben und stellte schon das Geschirr zusammen.

Das Staffeleimöbel war nach draußen gerollt. Schützte er den farbnassen Pinsel eben in der Faust vorm Austrocknen. Der Wind hatte gedreht. Die Wolken flohen. Das Meer war wieder zu hören. Die bayrischen Nachbarn bereiteten ihren Auszug vor. Ein eiliges »Schaug nei z'erscht!« und ein »Dahoam« und ein »Glei simma furt« und häufiges Autotürenöffnen und -zuschlagen waren untrügliche Kennzeichen. Sie würden ihm fehlen, dachte er, und dass er den Stimmen keine Gesichter zuordnen konnte.

Hendrikje machte unterdessen ihre Ankündigung wahr. In Wirklichkeit, sagte sie, sei ihr schnurzpiepegal, was ihre Erzeugerin für einen Eindruck von der Wohnung erhalte, nein, in Wirklichkeit wolle sie, dass er in einem sauberen Haus zurückbleibe, wenn er schon nicht mit zurückfahre. Und er solle sich bei jeder neu auftauchenden Staubfluse nach der unersetzlichen Hendrikje verzehren.

An den Blick würde er denken, den Blick, den sie ihm dabei zuwarf, nachtblau, und dessen Vergänglichkeit ihn traurig machte.

Sie fegte, saugte, wischte, scheuerte und rückte und glättete und wuselte von hier nach da. Sie richte das Zimmer für den Gast her, rief sie. Bettwäsche bringe der gegebenenfalls mit, das sei vereinbart. Er hörte mit einem Ohr auf sie und mit dem anderen auf das Schwirren und Kelken und Flöten der Vögel. Als sie mit dem Staubsauger kurz herauskam und ihm anbot, für ihn die Wölkchen vom Himmel zu saugen, lächelte sie ihm zu. Und David gelang das Gesicht des Blue Jeans-Jungen, weil er ihm Tschakis Züge gab, nur ungeformter und verkindlicht.

Zwischendurch pausierte Hendrikje und sah ihm zu.

»Vergiss das mit dem Lachen«, sagte sie, »jetzt fällt mir ein, dass ich schon immer das Leichte in deinen Bildern mochte, die heimliche Freude, die sich in den Mienen versteckt. Auch wenn man sich offiziell mal bissig anguckt. Aber es schwingt mit: Man gehört zusammen. Schlauköpfe würden das vielleicht eine untergründige Poesie nennen.«

Sie machte Kerze und wollte dabei wissen, warum er nicht das Zimmer mit Doppelbett zu dem seinen gemacht habe. Sie an seiner Stelle … Ihr jedoch hätten bei der Ankunft die getrennten Betten ihrer Kammer sehr zugesagt, was an Tschaki gelegen habe. Nein, wohl eher an ihr. Würde sie heute kommen, sie allein, sie würde die Fürstensuite nehmen.

Er erinnerte sich, dass er Tschaki und sie anfangs, wie ihm das öfter bei ersten Begegnungen geschah, auch unter Wiedergabeaspekten wahrgenommen hatte. Er hatte beispielsweise, daran erinnerte er sich genau,

124

die Lichtqualität, auch Einfallswinkel und Schatten, die sie warfen, bedacht. Alles eben, worauf er bei einer Aufnahme achten würde. Jetzt sah er die Geschmeidigkeit ihrer Bewegungen und ihre Augen und hörte ihre Stimme. Aber vor allem fühlte er sie.

Das war schon mehr als eine leichte Sommerverwirrung, erkannte er immerhin an. Eine, die sich im Handumdrehen wieder in Luft auflösen musste. Höchste Zeit also, dass sie von hier verschwand, warnte die Vernunft in ihm. Er war dabei, sich zu unterwerfen, und er genoss das auch noch. Schluss mit dem ängstlichen Sichverkriechen, verschaffte sich aber streitlustig eine andere Stimme Gehör. Nutz die Gelegenheit, brenne, brenne! Du wirst wie Phönix aus der Asche auferstehen, das Leben wird tausendmal farbiger sein. Aber die Ungewissheit! Und Helen! Und sie fährt ja bald und spaziert wieder durch Diskos und vergisst den Alten im Karohemd, kam es von der Gegenseite und häufte unausgesetzt neue Bedenken auf.

Das war der Stand der Dinge, als die Bayern ihn im Stich ließen und Hendrikje sich vielleicht bald den nächsten Kopfstand gönnte, wobei ihr Gesicht anschwoll und die schmalen Hände in die Hüften griffen – wenn sie erst mal wieder aus Söndervig zurück war, wo sie Blumen für das Wohnzimmer besorgte, um Gemütlichkeit zu erzeugen, die auch die Tage vorher schon die Gemütlichkeit gesteigert hätten. Was ihr traurigerweise jetzt erst in den Sinn komme, hatte sie geklagt. Üppige Sträuße hätte sie ihm ausgesucht, mit saftschweren Blütenblättern, Sträuße, die geheimnisvolle und ungezähmte Düfte verströmten. Aber dass

125

ihr das jetzt erst einfalle! Es sei zum Heulen. Wo sie sich doch so wohlfühle bei ihm. Dagegen beginne bald die Unfreiheit. Sie müsse die Angepasste mimen. Denn zu viel stehe auf dem Spiel: die Finanzierung der Reise. Kanada! sage sie nur. Da müsse man über Schatten springen.

Mit quietschenden Reifen käme der Galerie-Daimler zum Stehen, dachte David. Wäre der Sand- und Rasen- und Kieselgrund vor dem Haus betoniert, würde Helen ihren Auftritt sicherlich gern so inszenieren. Rasant, temperamentvoll, wild.

Sie saßen auf der Südterrasse, Hendrikje und David, und hatten den Möwen zugesehen und Milchkaffee getrunken und dicke Stücke von dem Nusskuchen gegessen, den Hendrikje während des Saubermachens als Zopfkuchenersatz und zum Abschied gebacken hatte, um backmäßig wenigstens ein bisschen in guter Erinnerung zu bleiben. Und sie hatten der Bayernlosigkeit nachgehorcht. Und der Unermüdlichkeit der Lerchen.

»Wie bestellt und nicht abgeholt …«, murrte Hendrikje, als er rauchte und sie die Beine auf einem herangezogenen Stuhl unterbrachte. Wie eine Last lag das Warten über ihnen.

»Denk bloß nicht, dass ich der Macht entgegenfiebere.«

»Nein?«

»Ich glaub, du weißt, wie's mir geht.«

Sie schwiegen.

»Eigentlich kann sie frühestens um halb drei da sein. Morgens kommt sie nicht aus den Federn.«

Und nach einem Blick auf die Uhr:

»Noch 41 Minuten! Minimum. Wenn wir uns ranhalten, könnten wir ans Meer. Abschied nehmen. Und du könntest dir ein Wort des Trostes für mich ausdenken.«

»Gute Idee …«, stimmte er zu. Sie sprang auf. Wie befreit. »… aber besser, wir hinterlassen ihr eine Nachricht«, überlegte er. »Ich schreib was. Geh du voraus, ich komm nach.«

Sie verschwand. Er schrieb ein paar Zeilen und steckte den Zettel in den Türspalt, schloss ab und machte sich ebenfalls auf und freute sich, dass Hendrikje ihn dabeihaben wollte.

Auf dem Kamm der großen Düne angelangt, sah er sie im Wasser. Der Strand streckte sich hell und wie verwaist in der Mittagssonne. Die Stürme der vergangenen Tage hatten den Sand umgeschichtet. Hendrikje stand ziemlich weit draußen in der schwankenden Dünung, es musste sich eine neue Sandbank vorgelagert haben. Mal reichte ihr die See bis zu den Hüften, mal bis zum Hals. Sie wirkte sehr allein, sie inmitten der unendlichen Wassermasse, bewegungslos hinausblickend auf die im leichten Dunst liegende Trennlinie von Wasser und Himmel, vom näheren Opalgrün zum ferneren matten Graublau des Meeres mit teilweise silbrig zuckender Auflage und dem fast grellen Blau des Himmels. Eine Möwe segelte mit weiten Schwingen im Wind, eine andere flog niedrig über die ruhelose Wasserfläche.

David stieg und rutschte die Düne hinab. Wenig entfernt entdeckte er das kleine Bündel ihrer Kleidung. Er lagerte sich daneben. Der Sand war heiß. Kurz hatte er erwogen, zu ihr zu gehen. Doch ohne Aufforderung schloss sich das aus. Er wollte auf keinen Fall stören und war zufrieden damit, wie es war, weil sie nahe war und er Zeit hatte, sich einzuprägen, was er sah.

Als sie sich umwandte, war ihr Gesicht voll Glück. Es drückte Zugehörigkeit aus. Sie verließ das Wasser langsam und tat dies weniger aus eigener Kraft, sondern ließ sich, Mal für Mal, von den schwappenden Wellen an Land heben, bis sie herankam, zögernd, dabei mal nach Süden, mal nach Norden blickend, vielleicht auch abschiednehmend von Hvide Sande und Söndervig, und das Wasser mit den Händen von sich abstreifend, und schließlich vor ihm Halt machte.

»Du bist da …«, sagte sie zufrieden. »Wenigstens dich hab ich im September wieder.«

Sie fröstelte, krümmte sich vornüber. Beklommen spürte er sich in ihre Kälte hinein. Sie verschränkte die Arme. Ihr Körper war gänsehautüberzogen. Bisher unsichtbare Härchen an den Armen, Schenkeln und Brüsten hatten sich aufgerichtet. Tropfen rannen herab und hingen im Schoßhaar und glitzerten.

»Ich hab nicht ans Abtrocknen gedacht«, bekannte sie und griff nach ihrem T-Shirt und begann damit, ihre Rückseite trockenzureiben. Notdürftig ging das. Als nächstes nahm sie den Slip. Schließlich die Jeans.

»Trocken! So gut wie …«, stellte sie schließlich fest. Doch Vorderseite und Kopf waren noch nass.

Erst jetzt schien sie seinen Blick zu bemerken. Sie legte den Kopf schief.

»Und?«, fragte sie. »Was siehst du?«

»Schönheit.«

»Tolle Wurst! Aber malen wolltest du mich nicht.«

»Was wusste ich denn schon von dir!«

»Also im Herbst. Versprochen?«

Es war unvorstellbar, wie viel spannungsvolle Lust sie verströmte. Er nickte.

»Aber vorher wünsch ich mir was anderes«, sagte sie und neigte den Kopf und drückte das Wasser aus den Haaren. »Ich schlag vor, wir bleiben noch, und ich leg mich zum Aufwärmen und Trocknen und Einsammeln von Geräuschen in die Sonne …«

»Warum nicht. Wir haben noch zwanzig Minuten, etwa.«

»Warte, mein Wunsch kommt ja erst noch. Du begibst dich bitte in allerbequemste Rückenlage und überlässt mir vorher dein viel zu trocknes Hemd als Matte, darauf liege ich geschützt und bette meinen Kopf auf deinen viel zu trocknen T-Shirt-Bauch.«

»Ich soll mein Hemd opfern?«, tat er ungläubig. Es wollte ihm einfach nichts Witziges einfallen. Die schlichte Selbstverständlichkeit, mit der sie ihren Körper unter seinen Blicken umsorgt hatte, hatte ihm den Verstand gelähmt. Er schlüpfte aus dem Hemd. Sie breitete es neben ihm aus und legte sich seufzend nieder. Ihren Kopf ruckelte sie auf seinem Bauch zurecht. Sofort war der dünne Stoff des Shirts durchnässt. Ihr

Kopf war warm. Dass sie ihn ganz und gar nicht unbeeindruckt ließ, sie, die zum Greifen nahe war, merkte sie spätestens jetzt. Es war, als ob sie sich immer wieder dieses Zustandes vergewissern wollte.

Beide lagen sie fast bewegungslos.

»Herr Goll?«, unterbrach sie die Stille.

»Ja?«

»Jeder, der uns jetzt sieht, denkt, wir gehören zusammen.«

Erwartete sie eine Antwort? In diesem Moment hatte er eine Ahnung tiefer Ruhe, die hinter der verwirrenden Spannung lag und nach der er sich ab jetzt sehnen würde.

Er schob einen Arm unter seinen Kopf und sah über ihr Profil hinweg auf das diffuse Aneinander der Farben von Meer und Himmel. Manchmal, sah er, spreizte sie die Zehen beider Füße weit auseinander und hielt sie in den Wind. Ihr Kopf hob und senkte sich in seinem Atemrhythmus. Sie hielt die Augen geschlossen. Feinste Härchen auf dem Nasenrücken fingen Licht. Manchmal zuckte es um die Lippen. Die Härchen unterhalb des Ohres, die vorhin abgestanden hatten, waren wieder fast unsichtbar. Sein Blick hielt sich an ihrem Gesicht fest.

»Na?« Er sah ihr *Na* eher, als dass er es hörte. »Zu schwer?« Sie rollte den Kopf ein wenig hin und her.

»Nein.«

»Richtige Antwort.«

Sie holte tief Luft. Und hatte sie auf der Terrasse so getan, als wolle sie ihre Brüste seinem Blick entziehen, boten sie sich hier freimütig dar, geschmückt mit zwei kunstvollen und kurze Schatten werfenden Stelen. Ihre Hände hatten sich in den Sand gegraben.

»Schön ist das … ach, wenn du's nur ein bisschen so schön finden könntest wie ich«, seufzte sie. »Oder fahndest du wieder nach vergifteten Oblomow-Krümeln in deinem Gewissensvorrat – weil wir nur so rumdösen? Fühl dich doch einfach so«, schlug sie leise vor, »als wenn wir uns auf dem Wasser ausstreckten, und es hebt und senkt sich und wiegt uns.«

Ihre Reglosigkeit hielt an. Minute für Minute. Dann drehte sie ihren Kopf, und sie blickten sich an. Er entdeckte das fast unmerkliche Lächeln in ihrem Gesicht und glaubte zu begreifen, was ihr Blick ausdrückte. Vielleicht war dies die zärtlichste Vereinigung, die er je erleben würde, kam ihm in den Sinn. Er las in ihrem Blick etwas sehr Sanftes, in das er sich versinken lassen wollte, etwas Vertrauensvolles, auch eine Gewissheit, die ihm abging, und dazu eine Ausgelassenheit, die er von ihr kannte und mochte und die an seinem Zögern und dem ungelenken Ernst rüttelte, die ihn beschwerten. Beschwerten auch deshalb, weil ihm unwirklich zumute war, denn sie erschien ihm gerade als das Eine und Alles, wonach er immer schon gesucht hatte, das, was Schönheit ausmachte. Vielleicht erwiderte er sogar ihr Lächeln, er wollte es. Aber womöglich war es missglückt, weil er ganz davon eingenommen war, dass er noch nie so etwas ergreifend Vertrauliches erlebte hatte, zugleich aber auch seine Ungläubigkeit spürte. Sie konnte nicht ihn meinen. Die Vertraulichkeit des Augenblicks würde nur kurz anhalten und dann für immer verschwunden sein.

»Wenn du mich jetzt fragst«, sagte sie versonnen und immer noch mit diesem sehr verhaltenen Lächeln, »was ich mir erhoffe von einem anderen Menschen, fürs Leben, meine ich, dann wüsste ich die Antwort: Ich will geliebt werden, ich, Hendrikje, mit Herz und Hirn und Haut und Haar.« Sie sah wieder nach oben. »So will ich geliebt werden. Und ich will das nicht von irgendwem. Seit Fanö weiß ich das. Nur falls auch du das mal wissen wolltest.«

Sie sagte es in die Sonne und in das Heranwehen feinster Sandkörnchen hinein, die an ihrer erwärmten und getrockneten und glatten Haut haften blieben.

»Und was ich jetzt auch weiß«, sagte sie noch leiser, wie für sich, »das ist, dass man ganz unvermutet darauf stößt, für jemanden wichtig zu sein, wichtig und richtig. Man weiß es plötzlich mit allem, was man ist.«

Das sagte sie ohne Eile und als überlege sie genau, was sie in dieser Nähe zu ihm sagen wollte.

Ihm aber, wie unter Zwang oder Panik oder Ratlosigkeit, schien es auf einmal vordringlich und absolut unvermeidbar, dieses sanfte Ineinanderübergehen, an das er nicht zu glauben wagte, sofort aufzuhalten. Auch wenn er sich elend dabei fühlte.

»Wir sollten … glaub ich. Unser Zeitvorrat dürfte aufgebraucht sein.«

Sie drehte den Kopf zum Meer und machte keine Anstalten, etwas zu verändern. Er legte seine Hand auf ihren halbtrocknen und warmen Hinterkopf, und er schloss die Augen. Was wollte er denn sonst, als mit ihr so liegenzubleiben? Er wollte ja auch nichts anderes.

Nach einer Weile bedeckten ihre sandigen Finger seine Hand. Und plötzlich setzte sie sich auf. Wie einen Riss empfand er das. Schnell, als ob sie nicht nachdenken wollte, kam sie auf die Beine und schüttelte den Sand aus dem Hemd und reichte es ihm zurück.

»Willst du's nicht …«, fragte er.

»… anziehn? Natürlich will ich. Aber stell dir deine Galeristin vor, stell dir ihr Zetern vor, wenn sie mich so sieht! Ich wär' sofort durchschaut. Nein, ich nehm mein nasses T-Shirt und die Jeans. Geht schon.«

Sie wanderten nebeneinander zum Lyngvejen-Haus zurück und beeilten sich nicht und sahen sich nicht an und redeten nicht. Manchmal berührten sich zufällig ihre Hände.

Frisch geduscht und neu eingekleidet sie und rauchend er, saßen sie schon gut eine halbe Stunde auf der Terrasse, als das Heranrollen des Daimlers sich vornehm lärmlos in die hier hergehörigen Geräusche mischte. Sie blickten sich an. Kein Lächeln, kein Stirnrunzeln. Ihre Blicke blieben ineinander, bis man die Autotür aufgehen hörte. Für Hendrikje das Signal, sich aus ihrem Stuhl zu stemmen und tief Luft zu holen und mit den Schultern zu zucken und den Mund zu verziehen.

Helen war keine kleine, keine magere Frau. Von fern erinnerte sie David noch immer an jene etwas schmalgesichtige, aber zugleich formweiche Helga der Bilder des Andrew Wyeth. Und sie war weltläufig gestylt und von ihren Kosmetikerinnen und Coiffeurinnen unverwüstlich zurechtgemacht. Ihre Bewegungen sandten etwas unterschwellig Animalisches aus. Auch Bedrohliches. Auch Maskulines. Hendrikje daneben war grazil, ihr rundliches Gesicht hatte sie vom Vater, ihre Ausstrahlung war zurückhaltender, ihr leises Lächeln überwand jedes Hindernis und war unvergesslich. Ihre Einfachheit hatte was Unbescholtenes.

»Die Kinder«, rief Helen kopfschüttelnd und betrat die Terrasse wie eine Bühne und hatte dabei nur Augen für David, der sich erhob, »diese Kinder setzen alle Welt in Angst und Schrecken«, dann hielt sie inne und sog die Luft hörbar ein und breitete die Arme aus – unangenehm euphorisch, dachte David, und als habe sie ihr Vernissagepublikum zu unterhalten, und gar nicht zu vergleichen war das mit dem ersten und witzigen Auftritt der Tochter –, »und dann stößt man hier knapp unterm Polarkreis auf eine Idylle. Mensch, David, hast du es hier friedlich. Friedlich gehabt wahrscheinlich, bis die Blagen vor der Tür standen. Tut mir leid, mein Lieber«, sie gab ihm die üblichen Wangenküsse links und rechts und links, um sodann schließlich doch die Tochter zur Kenntnis zu nehmen.

»Dir ist doch nicht mehr zu helfen, Rike. Was meinst du, was sich dein Vater aufgeregt hat. Von mir ganz zu schweigen. Aber Jürgen lässt dir alles durchgehen. Fand es auch noch witzig, als er gehört hat, dass dieser Jakob dich entführt hat. Entführt? Ich seh das ja realistischer.«

Dann nahm sie aber Hendrikje in die Arme, dabei »Mädchen, mein kleines, dummes Mädchen!« seufzend und erdrückte sie. Und in David hallte ihr »Rike«

nach, so wie er Tschakis »Henni« nachgehorcht hatte, das weich geklungen hatte im Gegensatz zum grelleren »Rike« mit seiner Beimischung von distanzierter Härte. Zwei in einem. Wies sie entsprechend gegensätzliche Seiten auf? Er hatte das nicht entdeckt. Wahrscheinlich gab es das auch nicht zu entdecken.

Hendrikje schwieg, wurde auch gar nicht gefragt, lief hinterher, trug die hingereichte Tasche der Mutter ins Haus, nahm das »So also haust unser guter David Goll« der Mutter, die dabei den Blick durchs geräumige Wohnzimmer mit Atelierecke schweifen ließ, aber wohl nichts zu beanstanden fand, kommentarlos hin und brühte stumm neuen Kaffee auf und arrangierte Kuchen auf einem Teller und schob auf der Südterrasse einen Stuhl in die Sonne, auf den die Neuangekommene niedersank und wieder den Blick über das Grundstück schweifen ließ.

»Sieh mal einer guck: Wirklich schön haben wir es hier!«

Im Weiteren ließ sie keinen Zweifel daran, dass der gute Goll sich ungeheuer gestört gefühlt haben musste durch die Kinder, sie wisse doch, wie unvernünftig Rike sein könne, sei sie in deren Alter doch auch kaum zu bändigen gewesen. David begann die vermutete Unvernunft als Irrtum auszuräumen und Hendrikjes heilsames Wirken im Haus hervorzuheben. Helen jedoch wischte seine Worte weg: Sie kenne ihr Kind! Und nun müsse sie ihn sogar um Herberge bitten, sozusagen, denn an sich sei es ihr Plan gewesen, gleich die Rückfahrt anzutreten. Aber noch mal sieben Stunden Fahrt? Man werde leider nicht jünger. Und das

Kind könne man nicht ans Steuer setzen, zwar habe es damals den Führerschein gemacht. Down under! Neuseeland! Mit 16! In der Wildnis! Und der sei absurderweise in Deutschland anerkannt worden.

»Aber ich bitte dich, David, das kann doch nicht ans Steuer, das Gör, noch dazu bei Dunkelheit und für eine längere Strecke. Bin ja nicht lebensmüde.«

Sie bekomme ein schönes Zimmer, beendete David ihre Übernachtungsbegründungen, die allesamt auf Hendrikjes Kosten gingen, und leitete damit zu Naheliegendem über: Hendrikje habe das Zimmer sauberer geputzt, als es je gewesen sei.

»So«, zweifelte Helen säuerlich, was eine Weile zwischen den dreien schwebte. David allerdings war froh über die Galgenfrist, die Helen gewährt hatte. Ein paar Nachtstunden noch. Und er war soweit, dass er sich allerheftigste Vorwürfe machte, Hendrikje zum Kontakt mit der Mutter genötigt zu haben. Jetzt aber war es zu spät. Und da war ja auch das unvollständige Abitur …

Hendrikje war der Mutter zur Hand gegangen beim Beziehen des Bettes, und die Mutter hatte das vermeintliche Unter-sich-Sein genutzt, der Tochter lautstark ihre Sicht der Geschehnisse darzulegen.

Es dauerte auch nicht lang, und Helen hatte die Oberhoheit über die Küche für sich reklamiert. Kaffee zu filtern, das war ihre erste Verfügung, sei eine zeitraubende Marotte, das entfalle ab sofort. Die Kaffeemaschine leiste Hervorragendes. Eine gleiche wie hier habe man im Büro. Und es habe sich wohl noch nicht bis nach Jütland herumgesprochen, dass man im Kühlschrank das kältebedürftigste Gut in den tieferen Fächern aufbewahre. Schon räumte sie um. Es gebe nun mal physikalische Gesetze!

Mit Hendrikje, weiterer Aussprache wegen – »Rike, wir müssen reden!« –, erfolgte sodann ein Strandgang, der dem Weltkünstler Goll Gelegenheit geben solle, ungestört an seinem Werk zu feilen, das sich trotz aller Kalamitäten prächtig entfalte, wie sie voll Genugtuung registriere. Denn in den vergangenen Tagen habe sicherlich kein Mensch darauf Rücksicht genommen. Eine Schande! Eine unerhörte Schande! Ein Kulturfrevel! Ihre Miene sollte wohl flammende Anklage ausdrücken, als sie das vorbrachte, doch verschluckte das maskenhafte Styling alle Nuancen. Jugend denke eben nur an sich, grollte sie.

Gottergeben trottete Hendrikje mit, und David fragte sich, wie lang sie die Sticheleien der verschnupften Mutter schlucke. Er stand auf der Terrasse und sah dem ungleichen Paar nach und rauchte und sah einen Hasen, vielleicht die Partnerin des im Kraut verwesenden, sah ihn aus dem Heckenrosenversteck kommen und mal hier und mal da haltmachen und schnuppern.

Unversehens war David ernüchtert. Wie der Hase hier würde in Zukunft wahrscheinlich auch Hendrikje vom einen vielversprechenden Benagbaren zum anderen hoppeln, dachte er bitter. Was bildete er sich auch ein! Wie konnte er ihre Zugewandtheit so missverstehen! Als ob sie wirklich ihn meine. Wieso sollte sie denn anders als vorsorglich, ihren weiteren Weg ebnend, an ihn herantreten und ihren Kopf auf seinen Bauch betten? Und er? Ihm wurde sie immer wichtiger. Wichtiger? Ach was, er sollte ehrlich zu sich sein: Er war hin und weg, war verliebt in ihre unbeschwerte und spielerische Weiblichkeit, in ihre vertrauensvolle Offenheit, er litt mit ihr, er freute sich mit ihr, er bestaunte sie, er wünschte sich ihre Nähe.

Vielleicht war es der unablässige Wind oder die reine Luft hier oder die Sonne, die ihn alle Vorsicht hatten vergessen lassen. Oder es war ihr unbestimmbarer Geruch …

Er hatte sich beherrscht. Doch er musste sich noch mehr zurücknehmen. Auf keinen Fall wollte er ihr mit seiner plötzlich erwachten und unangemessenen Zuneigung lästig werden. Gut, dass auch keine Gelegenheit mehr dazu war. Die fällige Zurückweisung hätte er nicht ertragen.

Die Frauen kehrten zurück. Man war sich wohl auf dem belebenden Ausflug ans Meer über mancherlei einig geworden, und Hendrikjes vergnügtere Miene ließ darauf schließen, dass ihre Pläne ungefährdet waren.

Helen richtete sich auf einem der gepolsterten Stühle auf der Terrasse ein und erzählte vom vielversprechenden Sohn einer Freundin, der Schatten fotografiere und hinter ausgefallenen Spiegelreflexkameras her sei – und von der Tochter der Freundin, die zurzeit in Costa Rica ein soziales Praktikum absolviere, und betonte abschließend, dass aus diesen Kindern was werde!

Als ob sie gegen solche Seitenhiebe immun sei, hatte sich währenddessen Hendrikje aus herumliegenden Muscheln und Vogelfedern und gebänderten Steinen im Sand neben der Terrasse einen Kreis geformt und sich hineingelegt und stumm in den kühler werdenden Himmel geblickt. Dann griffen die Hände in die Hüften, und die Beine streckten sich empor. Kopfstand. Sie sagte nichts. David vermisste es. Rot verrann der Abend.

Amüsiert ließ Helen es später sogar zu, dass »das Kind« das Abendbrot herrichte. Die gewonnene Zeit diente ihr dazu, nach intensiverer Begutachtung der in Arbeit befindlichen Werke Davids, sich ihn vorzuknöpfen und ihm, zum wievielten Mal eigentlich?, von der Gefahr zu sprechen, in der er schwebe, die aber zugleich sein Markenzeichen wie offenbar auch das Movens seiner gepinselten Schätze sei: von seinem Hang zur Menschenscheu, wenn nicht Misanthropie. »Sorry«, sagte sie und lehnte ein Gläschen Merlot keinesfalls ab, »sorry, dass ich dir mit Allgemeinplätzen komme. Aber es ist nun mal so, du verschließt dich.«

»Ach, Helen«, wollte er ihren zu erwartenden Eifer dämpfen, »komm mir nicht mit dem üblichen Keine-Nähe-Zulassen und solchem Psychotrallalla.«

»Ich weiß, dass du das nicht magst.«

»Und was bringt dich jetzt darauf?«

»Was wohl!«

»Weil ich mir in alter Gewohnheit mein Szenario aus der Ferne einfange und bearbeite?«

»Ist doch so.«

»Aus gutem Grund ist das so. Und du weißt das. Funktionale Distanz schärft den Blick fürs Detail. Sie versinnlicht es, sie hebt den emotionalen Anteil heraus. Warum das so ist? Zum Beispiel weil nichts ablenkt vom zentralen Gefühl, das sich ausdrückt.«

»Von welchem denn?«

»Was fragst du? Weißt du doch zur Genüge. Meist geht es um die Wahrheit im Zwischenmenschlichen.«

Sie hatte vielleicht zunächst aufmerksam gefragt und zugehört, so als ob die veränderte Umgebung hier das Altbekannte in neuem Licht zeige, dann schenkte sie sich Wein nach und schien an seinen Ausführungen das Interesse zu verlieren. Sie wirkte immer versunkener. Mit fast ergriffener Stimme fing sie an, von der traumhaften Atmosphäre hier am Meer zu schwärmen. Überraschend gefühlvoll wurde sie.

Das brachte Davids Gefasstheit ins Wanken. Und er war fast soweit, einen Aufschub für Hendrikjes Abreise vorzuschlagen. Um der diagnostizierten Menschenscheu entgegenzuwirken!, hätte er seinen Meinungswandel ironisch begründet. Aber dann wurde ihm klar, dass ihn Helen damit in seltsamem Licht sehen könnte. Er sagte nichts.

Helens gehobene Stimmung hielt auch während des Abendbrotes an, und sie bekannte, es habe doch was Gutes, dass dem Kind noch nicht zuzumuten sei, nachts am Steuer zu sitzen. Das Relaxen tue ihren alten Knochen gut.

David widersprach nicht den »alten Knochen«, wie sie es vielleicht gewöhnt war.

»Ich hätte das schon geschafft«, meldete sich die gegen ihre Art bislang schweigsame Hendrikje zu Wort.

»Gewiss doch, Rikelein, irgendwie, da bin ich sicher«, verwarf Helen das abschätzig. Über den Sommerstrauß hinweg wollte David verstohlen Hendrikjes Augen grüßen. Schatten lagen auf ihrem Gesicht.

Hendrikje verbiss sich eine Bemerkung, sah man. Dafür sprach sie umso ungehemmter dem vertrauten Merlot zu, von dem sie eine Flasche nach der anderen aus dem Anbau herbeischaffte.

Nicht mit einer Silbe hatte sie ihre bevorstehende Weltreise und den Kanadaaufenthalt erwähnt. David fand das sonderbar. Deutete das aber so, dass sie diese Reise völlig als das Ihre betrachtete, in das niemand hineinreden sollte, schon gar nicht ihre Mutter. Also brachte auch er nicht die Rede darauf.

»Deine kunstsinnige Ex-Frau«, fiel Helen ein, »hat wieder mal zugeschlagen. Jasmin wollte um jeden Preis das Fußballspiel-Bild, unser Kronjuwel aus der letzten Ausstellung. Für ihre Sammlung mit Spiel-Motiven von deiner Hand. Wie machst du das, dass deine Ehemaligen so anhänglich sind? Na ja, deine Sache.«

Sie wechselte abrupt das Thema und rätselhafterweise bedrängte sie ihn erneut und ultimativ, er müsse seine Lebensweise überdenken. Sei nicht sie noch der einzige Kontakt, den er zur Wirklichkeit habe? Alles gehe über sie. Nicht dass er denke, das überfordere sie. Wirklich nicht! Seine Maler- und Dichterfreunde seien übrigens genauso desorientiert. Igelten sich alle ein, jeder in seinem hausgemachten Skurrilistan. Alle hätten sie ihre Kunst als Hintertürchen, durch das sie sich davonstehlen würden. So laufe an ihm, dem Distanz-Künstler, das pralle Leben vorbei.

Oder er sehe das Pralle des Lebens von dieser Warte aus mit ganz anderen Augen, gab er zu bedenken.

Nein, nein, seit Jasmin eigene Wege gehe, sei er ein Zaungast, nichts als ein Zaungast, beharrte sie. Aber von Zeit zu Zeit, versprochen, hole sie ihn in die Welt zurück. So wie jetzt. Nein, nein, das sei selbstverständlich. Das sei ihr Beitrag zur Kunst. Ihre Künstler würden ihr am Herzen liegen, das mache in Galeristenkreisen die Runde.

Hendrikje nahm die Besorgnis Helens mit einem Lächeln auf. Was sie bewegte, blieb unausgesprochen, denn der schnell genossene Wein führte dazu, dass Helen bekanntgab, sie sei hundemüde, und morgen sei ein kräftezehrender Tag: Sie brauche dringend ihren ohropaxgesegneten Schlaf. Und Hendrikje selbstverständlich desgleichen! Der verehrte Freund und Maler möge sie beide entschuldigen und alle rauen Stürme der Nacht fernhalten.

Hendrikje blickte wehmütig vor sich hin. Ihre Gebärden waren unsicher. Helen bemerkte davon nichts, sank dagegen David in die Arme und dankte für die unübertrefflichen dänischen Stunden.

Und dann wandte sie sich doch ihrer Tochter zu und verfügte:

»Und du, Rike, du schläfst heute bei mir. Wie eine Glucke nehm ich dich verirrtes und wiedergefundenes Küken unter meine Fittiche.«

Hendrikje sah erschrocken drein.

»Ich soll mir dein Schnarchen anhörn?«, wehrte sie sich, »das meinst du doch nicht im Ernst. Und in meiner Kammer hab ich Pfauenfittiche genug, um mich zuzudecken.«

»Was für welche?« Helen schüttelte den Kopf.

»Ach, nichts…«

Eigenartigerweise bestand Helen nicht auf ihrer Anweisung. Vielleicht hatte sie ihre Tochter vor ihm in Sicherheit bringen wollen, überlegte David. Sie misstraute ihm also. Oder sie misstraute Hendrikje. Doch war sie wohl zu erschöpft, um sich weiter darum zu kümmern.

Nach nicht mal einer halben Stunde war es still bei den Frauen. David blieb zurück. Er löschte das Licht und wurde wieder zugänglich für die Außenwelt. Die Geräusche kamen zurück. Der Wind schnaubte und machte sich am Dach und den Hausecken zu schaffen. Der Mond, weit im Südwesten, war kurzzeitig verdeckt. Sein Schein hob die Ränder der vielen kleinen Wolken hervor. Plötzlich setzte Regen ein. Dicke Tropfen knallten aufs Dach. Diese Laute waren ihm mittlerweile sehr vertraut. Er mochte sie und er öffnete die Terrassentür und kauerte sich wieder in die Sofaecke und rauchte und beobachtete den im matten Widerschein erhellten unruhigen, glitzernden und streifigen Fall der Tropfen. So unvermutet, wie er begonnen hatte, so abrupt endete der Guss. Das Wolkenfeld riss auf, das Mondlicht geisterte über die nassen Büsche und das vom Wind gepeitschte Dünengras.

David goss sich Wein nach und fühlte sich schlecht. Wie selbstverständlich hatte Hendrikje die Vorräte nachgefüllt. Aber nicht nur die. Was sie anpackte, funktionierte. Es würde kompliziert werden ohne sie. Wenn sie hatte erreichen wollen, dass er das erkannte, so ging die Rechnung auf. Aber es war ihr gar nicht so sehr darum gegangen. Das glaubte er immer mehr. Er hatte etwas anderes gespürt. Wieder trieb eine Böe einen Schauer heran. Regenschwerer Geruch zog herein. Der Raum verdüsterte sich. Das entsprach der wirren Dunkelheit seiner Gedanken.

Das Knarren des Holzbettes aus Hendrikjes Kammer ließ ihn aufhorchen. Leise quietschte das Türschloss. Nach einer Weile sah er sie schemenhaft mitten im Raum. Sie blickte zur offnen Terrassentür, sie stand und lauschte. Ihr nicht beschreibbarer weicher Geruch flog kurz vorbei. Er atmete tief ein. Sinnloserweise wünschte er sich, diese vergängliche Kostbarkeit im Gedächtnis aufbewahren zu können.

Sie verharrte. Sollte er auf sich aufmerksam machen? Und wenn sie tatsächlich schlafwandelte? Sprach er sie jetzt an, würde sie erschrecken.

Sehr langsam einen bloßen Fuß vor den anderen setzend, ging sie nach draußen. Wieder fiel Regen. Als ob sie das nicht bemerkte, verließ sie die Terrasse und machte ein paar Schritte ins Heidekraut. Als die Wolkendecke wieder aufgefetzt wurde und der schräg verwehende Regen silbrig leuchtete, sah er sie in ihrem dünnen Nachtzeug. Die Arme hingen, das Gesicht war nach oben gerichtet, das Wasser strömte an ihr herab, Beine und Arme glänzten. Sie überließ sich der Naturwillkür. Trotz der heftigen Windstöße bildete er sich ein, sie schluchzen zu hören. Und mehrmals, er war sich noch weniger sicher, hörte er sie »Ich hab dich lieb« ins Geprassel rufen, als solle der Sturm es mit sich reißen.

David wollte hinaus und sie umarmen. Das hatte sie sich doch vorgestellt. Egal auch, wem ihr Rufen galt. Egal auch, ob sie überhaupt etwas gerufen hatte und ob plötzlich Helen auftauchte. Aber er saß wie festgekettet in seiner dunklen Ecke.

Bis sie auf die Terrasse zurückkehrte. Das bisschen Stoff, das sie trug, klebte auf der Haut. Sie zog es vom Leib, wrang es aus und hängte es über die Leine unter dem Vordach. Das alles wirkte nicht wie Schlafwandeln. Sie kam herein. Behutsam schloss sie die Tür und stand auf der ausgelegten Plastikfolie. Tropfen klatschten herab. Er hörte sie flüstern. Etwas wie »Bleib bei mir!« Nein, er bildete sich das ein. Er wollte das hören. Sie aber brächte so was Kitschiges nie über die Lippen. Der Wind tobte sich aus. Das Licht des Leuchtturms huschte von Mal zu Mal über sie. Er wusste genau, wie sie aussah. Sie zitterte und lauschte. Ging ein paar Schritte. Der Wind war stürmischer geworden. Ein heftiger Guss setzte ein. Sie griff ihr Handtuch, das sie vorhin erst aufgehängt hatte, vom Wäscheständer und rieb sich ab. Der Geruch von Regen, salziger Luft und Hendrikjes trocknenden Haaren erreichte ihn.

Noch könnte er aufspringen, gleichgültig ob sie erschrak, noch könnte er eine Decke um sie legen.

Darin hatte er ja Übung, in dieser einzigen Geste, die sein Gefühl verriet. Auch wenn sie das nicht wissen konnte.

Leise tappte sie in ihre Kammer zurück. Sie schloss die Tür. Das Knarren des Bettes war zu hören. Er blieb, wo er war.

Schließlich schlief er ein.

Als er wach wurde, noch immer in der Sofaecke, fror er. Es war noch dunkel und leise im Haus. Der Regen hatte sich verzogen, der Wind hatte an Wildheit eingebüßt. Seine Glieder schmerzten. Er fühlte sich jämmerlich. Nach dem Duschen ging er seine Bilder prüfend durch und fand sowohl Konzept als auch Ausführung erbärmlich.

Beim Köbmand an der Straße nach Süden, wo Hendrikje in ein paar Stunden bei der Rückfahrt vorbeikäme, besorgte er mit dem Fahrrad eine Auswahl der ortsüblichen rundstykke. Er blieb eine Zeit auf dem Parkplatz, als sei er es, der Abschied nehmen müsse, er rauchte und hörte auf das Knattern der Fahnen und sah ins hohe und schon helle Wolkentreiben.

Dann funktionierte er als Gastgeber. Er half beim Zusammenpacken, wenn er gebeten wurde. Sonst ging er beiden Frauen aus dem Weg, Helen hatte ihre euphorische Munterkeit wieder aufgelegt. Hendrikje war ungewöhnlich blass und mied seinen Blick.

Bis es soweit war.

Er wurde von Helen, als Tasche und Rucksack im Daimler verstaut waren, links und rechts und links gebusselt. So nannte sie es und schien eigentümlich verlegen. Und von Hendrikje, die gewartet hatte, bis Helen hinter dem Steuer saß, und die plötzlich wieder um die Ecke verschwunden war, was den Unwillen der aufgekratzten Mutter weckte und David veranlasste – »Ich seh nach ihr!« –, auch auf die Südterrasse zu gehen, von Hendrikje wurde er umarmt, wurde umklammert, wurde auf den Mund geküsst. Einen Sekundenbruchteil lang. Kühl und weich. Und noch mal und noch mal. Verzweifelte, haltsuchende, zärtliche, flüchtige, windverwehte Küsse waren das. Küsse hingehuscht, weil sie sich mit überhasteten Worten abwechselten. Immer wieder hervorgestoßen: »David!« Und: »Es war schön!« Und: »Danke!« Und: »Danke für dein Vertrauen!« Und: »Glaub an mich!« Und einmal: »Im September!«. Er kam nicht zu Wort. Erst als sie ging und er hinterherlief und ihren Mund noch vielfach auf seinem spürte, brachte er unbeholfen heraus: »Ich freu mich!«

Hatte sie es gehört? Sie drehte sich um und nickte ihm zu. Das Geräusch von Wind und Meer hatte seine Worte vielleicht unverstehbar gemacht. Doch hoffte er, sie wisse nun, dass er wie sie auf den September warte. Und dass sie von ihm Besitz ergriffen habe und er das genieße.

Aber da waren sie schon weg.

In ihrer Kammer umgab ihn ihr Duft. Sollte er das Fenster aufreißen? Faust fiel ihm wieder ein, Faust in Margaretes Kammer, Faust, der hingerissen war. Aber das hatte nichts mit ihm zu tun. David saß auf Hendrikjes Bett, das geknarrt hatte, wie immer, wenn sie aufgestanden war oder sich hingelegt hatte, und fühlte sich trostlos. Die Leere des Hauses setzte sich in ihn hinein fort.

Das Gefühl begleitete ihn zum Meer und beim hastigen Marsch nach Norden, noch weit über die Bunker von Söndervig hinaus. Vom Meer schlug ihm schneidender Wind entgegen. Er sollte das Vergangene mit sich reißen, der Wind, wünschte sich David, oder sollte ihm beim Erinnern helfen, sollte alles, was ihn vom Lyngvejen-Haus her umgab, in feste Form pressen oder es ganz und gar auslöschen. Er wusste nicht, was sein sollte. Vielleicht wollte er aber auch durch das anhaltende Fauchen erneuert werden, um nur noch für sich zu bleiben. Oder um sich in Erwartung zu genügen.

Als er wendete, verbiss sich der kalte Ansturm von der anderen Seite her im Gesicht und schüttelte und zerrte an ihm und zwang ihn, sich dagegen zu stemmen. Das Brausen der Brandung und der wilde Wind brüllten ihm höhnisch verzerrte Hendrikjebeschwörungen ins Ohr: »Glaub an mich, glaub an mich …«

Im Lyngvejen war es still. Türen und Fenster hielt er geschlossen. Er räumte die kleineren Arbeiten beiseite und hievte das Zweimeterbild auf die Staffelei. Anders wusste er sich nicht zu helfen. Hier gab es zu tun.

Er sah und roch nichts als Farbe.

Nach Stunden riss er die Terrassentür auf. Der Wind rieb sich unüberhörbar an allem Widerständigen. Graue Riesenwolken schoben sich vorbei. Trauerumflort hätte Baudelaire sie genannt, dachte David, Wolken wie Leichenwagen seiner Träume. Das kam ihm in den Sinn, und er fand es lächerlich, aber es war für ihn inzwischen ausgemachte Sache, dass er sich abschottete gegen ihre niederdrückende Abwesenheit, auf die er überall stieß.

Dafür wurden die Gesichtszüge seiner Vorkämpferin Strich für Strich und Punkt für Punkt diejenigen Hendrikjes. Umrisshaft erst. Vorläufig erst. Denn wie sollte er ihr gerecht werden, ihrer von einem Augenblick zum anderen wechselnden Miene? Da wurde das einzelne Wort sowohl ernsthaft und begütigend wie sofort anschließend auch übermütig begleitet. Alles war im Fluss.

Schon war das T-Shirt aufgefetzt, die Brust entblößt, ähnlich wie bei jener zornigen Frauengestalt, der Marianne auf dem Delacroix-Bild vom revoltierenden Volk, angeführt von ihr, der über Leichen schreitenden Freiheit, nackt bis zur Hüfte, von dieser Mischung aus Hure, Fischweib und Freiheitsgöttin, wie Heine sie beschrieben hatte. Daran erinnerte sich David. So ein bisschen, aber funkelnd anders, stellte er sich seinen Genius der Erhebung vor, seine Voranstürmende gegen Ungerechtigkeit, gegen die rücksichtslose Zerstörung der menschlichen Zukunft. So wie die junge Frau, die ihm am Meer entgegengerannt war: mit dem ausgelassenen Strahlen im Gesicht, Hendrikje, die ihn ins Wasser lockte. Er sah sie vor sich. Sie glühte. Sie rief etwas. Er horchte. Doch viel zu schnell zog sie sich zurück.

Er fiel ins Grübeln. Also eine Hommage an Delacroix? Aber auch an Hendrikje! Darauf beharrte er einem unsichtbaren Puristen gegenüber. Vor allem an Hendrikje! Doch deren Waffe war auf keinen Fall leichenüberschreitender Zorn. Es durfte kein Zweifel sein: Ihr Antrieb war die stürmische Bejahung des Lebens. Bestimmt auch Liebe, daran sollte kein Zweifel sein. Schwerelose Liebe. Liebe mit der Kraft, eine unbelastete Zukunft formen zu wollen. Beseelt war seine Heldin. Das musste einem aus dem Bild entgegenspringen. Das musste von der mitreißenden jungen Frau ausgehen, hier zwischen den Demonstranten. Unter denen er selbst, nach altem Brauch, zu finden war, mit farbfleckigem Hemd und Bart und Malbrille. Ja, seine Heldin musste alle Blicke auf sich ziehen. Sie, die über einen Haufen von entsorgten AKW-Modellen stieg, die unter ihren und den Tritten der Mitstreiter zerbrachen. Sie hob sich aus der Gruppe der Menschen neben und hinter sich hell hervor. Sie leuchtete.

Mehrere Tage bemühte er sich und immer wieder entfernte er das Ergebnis. Bis er schließlich genau auf jenen Gesichtsausdruck vom Strand getroffen war, jenes Lächeln, das aus einem ihm unerschlossenen Inneren kam, und bis er davor saß wie Pygmalion vor seiner Schöpfung, die Hendrikje war und die er mit seinem Blick zurückrief und die er sich von einem Atemzug zum andern durchpulst wünschte, so dass sie mit einem Schritt aus dem Bild heraustrat.

An den folgenden Tagen bemächtigte sich seiner Hand ein Zittern. Es kam plötzlich, es verschwand plötzlich. Sogar auf den Malstock gestützt, das hatte er bisher noch nie erlebt, war das Zittern nicht vollständig zu bändigen. Feine Pinselstriche wurden zur Tortur. Woran lag es? Zu viel Wein? Kaffee? Zigaretten? Schlafmangel? Er hatte all das im Überfluss zu bieten, aber doch lange schon – und war ungefährdet geblieben. Blieb nur noch als akute Erklärung: Hendrikje? Nicht weil schwerwiegende Tabus verletzt worden wären und ihn Gewissensbisse heimgesucht hätten. Da war ja nichts. Leider, dachte er immer öfter. Deshalb etwa? Oder ist es die Ungewissheit, fragte er sich nüchtern, aber kaum in Betracht gezogen, die Ungewissheit, was ihn erwartete? Nein, das nicht, aber vielleicht alarmierte ihn das Gefühl, er habe bisher etwas übersehen, übersehen wollen, etwas, das Hendrikje anging. Etwa im Zusammenhang mit ihrer Schilderung der fatalen Umtriebe von Freundin Fleur? Was, wenn sie »Fleur« sagte, aber verschlüsselt von sich selbst sprach? Nein, das wies er von sich. Er war wie im Fieber.

Das bedrückte ihn im einen Moment, im anderen verlor er sich erregt in einem der festgehaltenen Bilder, in denen sie in spielerisch-frivoler, aber insgeheim unantastbarer Grazie auftauchte. Selten lösten sich die Ungewissheit und das Zittern in einer vorläufigen und beruhigenden Erschöpfung auf.

Einige Zeit später lag im Briefkasten eine Nachricht von Denise Holle. Ob sie einen Tag früher kommen könne, fragte sie an (Sie übernachte im ehrwürdigen *Hotel Ringkjöbing,* direkt am *Torvet*). Sein Brief flöße ihr Vertrauen ein, und sie würde ihn gern kurz im Haus erleben, dadurch könne ihre leidige Erinnerung an den Mann, von dem er wisse, abgeschwächt, wenn nicht ausgelöscht werden – und sie habe nach seiner Abreise und ihrem Einzug das Hüsken wirklich für sich allein, ohne den Schatten der Vergangenheit. Ob er ihr diese Riesenbitte erfülle? Er brauche nicht zu antworten, sie klopfe. Wenn er öffne: Gut!! Wenn nicht: Sie akzeptiere das. Wenngleich mit Bedauern.

Sie würde also einfach da sein, ob er wollte oder nicht. Seine Meinung von ihr änderte sich schlagartig. Das war Nötigung. Warum sich dem aussetzen? Dazu diese kennermäßige Angeberei mit *Ringkjöbing* und *Torvet* und ihr kitschiges *Hüsken.* Nein, er würde einen Tag zuvor abreisen. Ihn zu nötigen, billigte er niemandem zu. Außer einer Person, korrigierte er sich. Sonderbar, ihr würde er alles nachsehen, war ihm bewusst. Ihr, von der nichts mehr zu hören war. Nur zu sehen. Als seiner Heldin. Die Zuversicht ausstrahlte …

Er war weit davon entfernt.

Schließlich entschied er aber doch, der anreisenden Frau den Wiedereinstieg ins erhoffte Paradies zu erleichtern. Sie tat ihm auf einmal leid. Dann würde er eben anwesend sein.

Hätte nicht die Galerie an Termine erinnert, wäre David so sehr in die Arbeit vertieft gewesen, dass er seinen Aufbruch und den Besuch am Vortag vergessen hätte.

Immerhin: Fertiggestellt war der *Frühlingssturm.* So hatte er das Hendrikje-Bild im Weinrausch genannt. Dabei wollte er es belassen.

Und sie, Denise Holle, gab sich resolut. Aber ihre Hände zitterten, wie seine es getan hatten vor der Beendigung des großen Bildes. *Hi* hatte sie gesagt und hatte sich unnötigerweise als Denise Holle vorgestellt und unbefangen gegeben und als sportliche Frau in den Vierzigern. Entschiedene Bewegungen zeigte sie. Der Wind zauste ihre brünett gefärbten, glatten Kurzhaare. Deren Spitzen bogen sich leicht auswärts. Abwehr? Ihr Gesicht war regelmäßig und freundlich.

Zuckerkrustigen Nusskranz vom Supermarkt in Hvide Sande hatte sie mitgebracht. Deckte auch gleich auf der Südterrasse zum Kaffeetrinken, als sei sie die Gastgeberin. Und sie bat mehrfach um Entschuldigung für ihren vielleicht unangemessenen Wunsch, ihn zu treffen.

Sie tranken Kaffee. Von ihr frisch aufgebrüht. Auch sie hatte wie selbstverständlich in der Küche hantiert. Zufrieden sah sie über das Grundstück. Schloss die Augen. Hörte in den Wind. Hörte den Strandhafer rascheln, dachte David. Hörte die Leere. Hörte die Insekten. Ein Lächeln hatte sich auf ihre Züge gestohlen und war geblieben.

»Das Meer … darauf freu ich mich schon ewig!«

Die braunen oder vielleicht auch braungrünen Augen waren der Sonne wegen oft zugekniffen.

»Luft … endlich wieder tief, ganz tief einatmen!«, seufzte sie und vollführte das tiefe Atemholen. Er fühlte sich zum Pflichtzuschauer verurteilt. In den Abwehrspitzen ihrer Haare glimmte die Sonne.

Nach dem Austausch über Vorlieben, was die hiesige See und Strand und Haus betraf, kam sie auf das vergangene Jahr zu sprechen und wollte ihn – offenbar getrieben vom Bedürfnis, das Vertrauen zu vertiefen, und gleichzeitig im Bewusstsein eines beziehungsfreien Augenblicks, so vermutete und hoffte er –, wollte ihn, wenn er sich das anhöre, in Kenntnis setzen von jener misslungenen Beziehung, der sie mit knapper Not entronnen sei. Sie wählte ihre Worte sorgfältig und verstand es, grammatisch weite Bögen zu spannen. Fast hätte er unpassenderweise dazwischen gefragt, ob sie etwa Juristin sei oder was für eine Akademikerin sonst.

Jener Mann, teilte sie mit, ihr Therapeut, habe gegen den Götzen Berufsethos anleben wollen, indem er sein Begehren voranstellte.

»Darum ist es ihm gegangen, mittlerweile begreife ich's, sein Begehren wollte er stillen. Rebellierend. Dabei hat er ständig sein abweichlerisches Verhalten analysiert, und ich wiederum sollte mich als Opfer meiner eigenen lustvollen Ausstrahlung auf ihn, so sagte er, und meiner gleichzeitigen Bemitleidenswürdigkeit sehen. Es war über die Maßen anstrengend. Ich musste die Notbremse ziehen.«

Nach Abschluss der Kurzversion ihres Schicksals gab sie sich erneut dem Naturerleben hin, und David hatte immer mehr den Eindruck, als sei er es, der seinen Aufenthalt über Gebühr ausdehne. Zweimal betonte sie sogar unverhohlen, es falle richtig schwer, er solle das aber um Himmelswillen nicht missverstehen, Wiedersehen mit dem Himmelsparadies zu feiern und gleich wieder aufbrechen, ach, nein: es unterbrechen zu müssen.

David gestand sich ein, dass dieses Treffen und seine Folgen völlig anders verlaufen hätten können. Hatte er doch vor Wochen erwogen, ihre Ankunft aus der Ferne zu beobachten, auf die ihm vertraute Weise, sie zu beobachten und einzuschätzen und eventuell – eventuell! – dann eine zufällige Begegnung herbeizuführen und, auf Grund seines Wissens um sie, diese zu intensivieren. So geheimnisvoll sympathisch war sie ihm durch die Lektüre geworden.

Aber nun war das Unvorhergesehene dazwischengekommen.

Als sie wiederholt darum bat, seine Bilder sehen zu dürfen, wohl um noch bekannter mit ihm zu werden, wie er befürchtete, konnte er das Ansinnen schließlich nicht mehr zurückweisen. Nur das eine Bild blieb mit der Vorderseite an die Wand gelehnt. Mit großzügigem Pinselstrich war auf die grobe Leinwand geschrieben: *Frühlingssturm, für Hendrikje.* Dazu das Datum. Er wollte es nicht zur Unzeit anderer Betrachtung und Bewertung aussetzen.

Denise – sie hatte ihn wie selbstverständlich mit Du angesprochen – konnte sich nicht sattsehen an seinen Arbeiten. Sie seien erschütternd und tief bewegend und beglückend. Große Kunst! Wie in einem Heiligtum fühle sie sich. Es fehle ihr an Worten, ihre Gefühle zu beschreiben.

Später, und es dämmerte schon, erklärte sie enthusiastisch, sie sei so überwältigt durch diese Begegnung mit ihm, dass sie ganz vergessen habe aufzubrechen. Jetzt sei es vermutlich ausgeschlossen, in Ringköbing noch ein Zimmer für eine Nacht zu bekommen. Obwohl er sie sofort zu mehr Optimismus ermunterte, meinte sie, es lasse sich unproblematisch im Auto schlafen, und beiläufig: Vielleicht erlaube er ihr ja, vorher das Bad zu benutzen.

Sie hatte nicht *sein*, sondern *das* Bad gesagt, bemerkte er achtsam und ärgerte sich erneut, dass er nicht rechtzeitig das Weite gesucht hatte.

Ohne zu zögern nahm sie auch das im Grunde erzwungene Angebot zum gemeinsamen Abendbrot an, überschwänglich dankend, und steuerte aus ihrem hier aufgefrischten Lebensmittelbestand reichlich Käse bei. Sie sei ja begeisterte Vegetarierin, bekannte sie bei der Gelegenheit. Wenigstens war sein Weinvorrat bald erschöpft, dachte er boshaft. Doch auch für Getränke hatte sie gesorgt, sie spendierte Riesling mit viel appetitanregender Säure, wie sie stolz anmerkte. David schüttelte es. Sie übersah das und berichtete vom Kölner Karneval – da könne er spannende Studien machen. Sie würde sich hoch geehrt fühlen, ihn, den berühmten Maler Goll, als Gast beherbergen zu dürfen.

Er wurde immer wortkarger. Das Gespräch stockte. Da kam sie auf ihre Klaustrophobie zu sprechen. Sie sei schon gespannt, wie das werde, nachts, im Dunkeln, in der engen Autokiste. Aber Hürden seien dazu da, übersprungen zu werden. Eine Denise Holle sei nicht kleinzukriegen!

Endlich dämmerte ihm, was sie im Schilde geführt hatte: Sie wollte einziehen, wollte angekommen sein, wollte bei ihrem geliebten Meer sein und in ihrem Hüsken und schien dafür ihn in Kauf zu nehmen.

Schließlich bot er ihr an, sich in einer der Kammern einzurichten. Umstandslos und zugleich in Gerührtheit schier vergehend, nahm sie an. Und während sie sofort ihr Auto zu leeren begann und den großen Schlafraum, Hendrikjes *Fürstensuite*, bezog, ging er ans Meer und versuchte die Fremde zu vergessen. Es misslang. Bis er mit jedem Schritt sogar dankbarer wurde, dass sie ihm für Stunden die sublimierende Arbeitswut vom Leib gehalten hatte.

Auf dem Kamm des hohen Dünenzuges stehend, blickte er aufs Meer hinaus. Dorthin, wo er es in der Finsternis wusste. Und hörte. Das Brausen der Brandung und das Fauchen des Windes, der ihm das Atmen erschwerte und die Haare vom Kopf reißen wollte.

Als er ins Haus zurückkam, herrschte darin Stille. In aller Ruhe packte er zusammen. Nach einer knappen Stunde war seine Habe im Auto. Er hinterließ einen Zettel mit Grüßen, sie möge sich wohlfühlen, und fuhr los. Steine und Sand knirschten und knackten unter den Rädern. Die Scheiben waren heruntergekurbelt. Er roch das Meer.

23.30 Uhr, David wurde müde. Er hatte Esbjerg im Rücken und war in Richtung Ribe unterwegs und dachte an Hendrikjes Fahrt zur Insel Fanö und was sie davon erzählt hatte. Und sah sie vor sich, so oft im Kopf gemalt, sie, losgerissen aus dem grünblauen Schoß der See, der Meeresmutter, wassertriefend, sich verströmend, berauscht, mutwillig, im hellen Sand, vor den miteinander wetteifernden Blautönen von Meer und Himmel, vor der blauen Unendlichkeit, die sich widerspiegelte als matte Ahnung im feuchten Glanz ihres Körpers, im tiefen Blau ihrer geweiteten Augen …

Er war ihr nahe, weil er die Kassette, von ihr zuletzt ins Gerät geschoben, eingeschaltet hatte. Schuberts *Winterreise*: *Die Wolkenfetzen flattern umher im matten Streit* ... Spröde Melancholie. Dietrich Fischer-Dieskau mit glanzloser Stimme. Im Motorenlärm spielte das keine Rolle.

Gleich morgen früh würde er in der Galerie nach Hendrikje fragen. Und so schnell wie möglich würde er sie sehen. Zufällig. Ihr als realer Hendrikje zu begegnen, der er sie seit Ewigkeiten schon, so schien es ihm, nur mehr als Bildfigur im Kopf hatte, würde ihn nicht entmutigen. Auf keinen Fall.

Als ob damit das Morgen schneller heraufziehen würde, erhöhte er die Geschwindigkeit. Auch sein Atem ging ungestümer.

Die sturmgebeugten Obstbäume, die die Straße links säumten, flogen vorbei. Wie die Buschreihen rechts. In den Augenwinkeln waren sie verwischte Abgrenzungen.

Die Scheinwerfer schufen einen vorwärtsgerichteten schmalen Lichttunnel in der Finsternis, in den er hineinraste.

David spürte wieder die überraschenden Küsse. Er fühlte ihren feuchtwarmen Kopf auf seinem Bauch. Er lächelte. Er tastete nach dem Bernstein, den sie ihm von der Insel mitgebracht hatte. Er war im Rausch. Er war glücklich.